Atmosphère

DE LA MÊME AUTRICE

Bureau des spéculations, *Éditions Calmann-Lévy, 2014*
(Le Livre de Poche, 2016)
Le Livre des songes, *Éditions Calmann-Lévy, 2016*

Jenny Offill

Atmosphère

Roman

traduit de l'anglais (États-Unis) par Laetitia Devaux

Dalva

Titre original :
Weather

ISBN 978-2-492596-25-4

Photo de couverture : © Emanuele Crovetto
Photo de l'autrice : © Emily Tobay
Conception graphique : Valérie Renaud et Rémy Tricot

Pour Lydia

Extrait d'une assemblée des citoyens
à Milford, Connecticut, 1640 :

*« Voté, que la terre appartient à Dieu
de même que ses richesses ; voté,
que la terre est offerte aux Saints ;
voté, que nous sommes les Saints. »*

UN

Dans la matinée, la femme qui a presque atteint l'illumination arrive. Il y a des étapes, et elle pense en être à l'avant-dernière. Celle-ci ne peut se décrire que par un terme japonais. Qui signifie «Seau de peinture noire».

Je passe un petit moment à chercher des ouvrages pour le vacataire maudit. Il rédige sa thèse depuis onze ans. Je lui offre des rames de papier. Des trombones et des stylos. Il travaille sur un philosophe dont je n'ai jamais entendu parler. Il me dit qu'il est mineur mais essentiel. Mineur mais essentiel!

Hier soir, son épouse a mis un mot sur le frigo. *Ce que tu fais actuellement rapporte-t-il de l'argent?*

L'homme en costume minable refuse qu'on diminue ses amendes. Il est heureux de contribuer à notre institution. La blonde aux ongles rongés jusqu'au sang fait un saut après le déjeuner et repart avec un sac à main plein de papier hygiénique.

Je dois supporter une théorie sur la vaccination et une autre sur le capitalisme tardif. « Vous rêvez parfois d'avoir à nouveau trente ans ? » me demande l'ingénieur au cœur solitaire. « Non, jamais », je réponds. Je lui raconte cette vieille blague sur les voyages dans le temps.

Ici on ne sert pas les voyageurs dans le temps.
Un voyageur dans le temps entre dans un bar.

En rentrant chez moi, je passe devant la dame qui vend des petits moulins à vent. Parfois, quand les étudiants sont vraiment défoncés, ils lui en achètent. « Pas de client aujourd'hui », elle dit. J'en prends un pour Eli. Un bleu et blanc qui devient tout bleu et tout flou en tournant dans le vent. Ne pas oublier les pièces de vingt-cinq cents, je me rappelle.

À l'épicerie, Mohan m'en donne un rouleau. Je m'extasie devant son nouveau chat, il me dit qu'il est arrivé comme ça. Mais qu'il va le garder parce que sa femme ne l'aime plus.

« C'est dommage que tu ne sois pas une vraie psy, me dit mon mari. On serait riches. »

• • •

Henry est en retard. De mon côté, j'ai appelé une voiture pour ne pas l'être. Quand je l'aperçois enfin, il est trempé. Sans manteau, sans parapluie. Il s'arrête au coin de la rue pour donner quelques pièces à la femme en poncho sac-poubelle.

Mon frère m'a un jour dit que les stupéfiants lui manquaient parce que quand il en prenait, le monde cessait de l'interpeller. Pas faux, avais-je répondu. On était au supermarché. Autour de nous, les choses cherchaient à exprimer leur véritable nature. Mais leur éclat se ternissait peu à peu au son de l'insupportable musique du lieu.

J'essaie de le réchauffer en vitesse : une soupe, un café. Il a l'air en forme. Il a le regard clair. La serveuse flirte avec lui en préparant le café. Autrefois, les gens faisaient des remarques à ma mère dans la rue. « Quel gâchis que de tels cils sur un garçon ! » disaient-ils.

On a droit à un peu plus de pain. J'en mange trois morceaux pendant que mon frère me raconte une histoire sur son groupe des Narcotiques Anonymes. Une femme a pris la parole pour déblatérer sur les antidépresseurs. Ce qui la mettait le plus en colère, c'était que les gens ne les utilisaient pas à bon escient. On a découvert des concentrations élevées de Prozac et de Deroxat dans les vers de terre en testant les égouts de la ville.

Lorsque les oiseaux mangent ces vers, ils s'approchent davantage des habitations, ils construisent des nids plus élaborés, mais ils semblent moins désireux de s'accoupler. «Est-ce qu'ils sont plus heureux? je lui demande. Est-ce qu'ils en font davantage dans une journée donnée?»

• • •

La fenêtre de notre chambre est ouverte. Si on se penche et qu'on tend le cou, on peut apercevoir la lune. Selon les Grecs, c'était l'unique objet céleste comparable à la Terre. Peuplée par des plantes et des animaux quinze fois plus costauds que les nôtres.

Mon fils vient me montrer quelque chose. On dirait un paquet de chewing-gum mais c'est une farce et attrape. Quand on veut sortir un chewing-gum du paquet, on se prend un petit coup de ressort en métal sur le doigt. «Ça fait plus mal qu'on pense», il me prévient.

Aïe!

Je lui dis de jeter un coup d'œil par la fenêtre. «C'est le premier croissant», déclare Eli. Je crois qu'il en sait plus à l'heure actuelle sur la lune qu'il n'en saura jamais. Dans sa précédente école, on lui avait appris une chanson pour mémoriser les différentes phases. Il lui arrive de la chanter au dîner, mais seulement si on ne le lui demande pas.

La lune va s'en sortir, je me dis. Personne ne se fait de souci pour la lune.

• • •

Ce matin, la femme au mégaphone est à la grille de l'école. Elle empêche les parents d'entrer. On doit laisser les enfants derrière le trait rouge. « La sécurité d'abord! crie-t-elle. La sécurité d'abord! »

Mais il arrive qu'Eli pleure dans la bousculade ambiante. Il déteste traverser seul l'immense cafétéria. Un jour, il s'est immobilisé en plein milieu jusqu'à ce qu'une dame de service l'attrape par le coude et le pousse vers son point de rassemblement.

Alors on passe en courant devant la femme au mégaphone en direction du point de rassemblement. Son ami est installé à une table avec des biscuits en forme d'animaux, je pars sans qu'Eli pleure, mais pas sans que la femme au mégaphone me hurle dessus. « Pas de parents! Les parents ne doivent pas accompagner leurs enfants! »

Mais qu'est-ce qu'elle aime son mégaphone, cette femme. Quelque chose me transperce le corps au son de cette voix, je regagne la rue en m'ordonnant de ne plus y penser.

Je n'ai pas le droit de réfléchir à combien cette école est immense et à combien Eli est petit. J'ai déjà fait cette erreur d'autres fois après l'avoir déposé le matin. Je devrais être habituée, mais il arrive que la peur s'empare à nouveau de moi.

• • •

Toute la journée, ce n'est qu'un défilé de profs grincheux. Je suis sûre que les plus grincheux, ce sont les titulaires. Ils doublent les autres dans la file pour obtenir un livre ou tendre leur liste de réservations. Des études montrent que 94 % des professeurs se considèrent au-dessus de la moyenne.

L'autre jour, on a reçu un petit guide : *Conseils pour gérer les usagers difficiles*. Les professeurs n'y figuraient pas. Il y avait les catégories suivantes :

Mauvaises odeurs
Chantonnements
Rires
Dégradations

Blanchiment
Agressivité
Bavardages
Solitude
Toux

Mais comment catégoriser ce vieux monsieur qui vient sans cesse me demander le mot de passe de sa boîte e-mail ? J'essaie de lui expliquer que je ne peux pas savoir ce genre de choses, qu'il est le seul à le connaître, mais il secoue la tête, choqué, l'air de dire, Quel comptoir d'informations est-ce donc ?

• • •

À l'arrêt de bus, une affiche annonce la venue de Sylvia sur le campus pour une conférence. Il y a quelques années, j'étais l'une de ses étudiantes en thèse, puis j'ai laissé tomber. Elle prenait de temps en temps de mes nouvelles dans l'espoir que j'honore mes engagements. Je répondais toujours par l'affirmative. Pour finir, elle avait passé quelques coups de fil afin de me procurer ce poste alors que je n'ai pas le diplôme requis.

Sur le chemin du retour, j'écoute son dernier podcast. Qui s'appelle « Le centre n'est pas une position tenable ». Ils pourraient tous s'appeler comme ça. La voix de Sylvia a vraiment franchi un cap dans la terreur. Elle parvient quand même à m'apaiser alors qu'elle ne parle que des cavaliers invisibles qui galopent vers nous.

Il y a des schémas évidents de progrès et de déclin. Mais notre civilisation industrielle est si vaste, elle a une telle portée…

Je regarde par la vitre. Au loin, quelque chose avance tant bien que mal en direction des arbres.

• • •

La porte s'ouvre et Eli se jette sur moi. Je l'aide à retirer la colle ciment sur ses mains et il retourne à son jeu. Ce jeu que tout le monde aime. D'après mon mari, c'est un univers en 3D établi en modèle procédural. À visée éducative.

C'est amusant de les regarder jouer tous les deux. Ils construisent des bâtiments pierre par pierre, qu'ils comblent avec des minéraux extraits à l'aide de pics à glace qu'ils ont fabriqués eux-mêmes. Ils font surgir des champs et ils élèvent des poulets. « J'en ai tué un ! » hurle Eli. « C'est presque le soir », lui dit Ben.

Il y a des factures et des pubs de supermarché. Ainsi qu'un magazine destiné à un précédent locataire.

Avec en couverture des conseils pour venir en aide aux dépressifs.

Ce qu'il *faut* dire :

Je suis désolé que tu souffres autant. Je ne te laisserai pas tomber. Je vais me préserver pour que tu ne craignes pas que ta souffrance déteigne sur moi.

Ce qu'il *ne faut pas* dire :

Tu as essayé la camomille ?

• • •

Pour une fois, je laisse mon frère choisir le film, mais celui-ci est tellement bête que j'ai du mal à regarder. Au cinéma, Henry aime les films catastrophe où seule la personne la plus improbable peut empêcher le drame.

Ensuite, on va se promener dans le parc. Il a peut-être rencontré quelqu'un, mais il ne croit pas que ça va le faire. Elle est trop différente de lui. Je mets un moment à comprendre qu'ils ne sont même pas encore sortis ensemble. « Tu n'aimerais tout de même pas rencontrer quelqu'un comme toi, non ? » je lui demande. Henry éclate de rire. « Oh mon dieu, non. »

À son premier cours, Sylvia nous avait parlé des mariages assortis. Autrement dit, un mariage entre deux personnes qui se ressemblent. Une personne dépressive avec une autre personne dépressive. Le problème d'un mariage assorti, avait-elle dit, c'est que sur le moment, il a l'air parfait. C'est comme une clef qui glisse toute seule dans une serrure. Mais la question, c'est : est-ce vraiment dans cette pièce-là que vous avez envie de passer votre vie ?

J'explique à mon frère que Ben et moi ne voyons pas les mêmes choses. Un soir, à mon retour, il m'a annoncé tout excité qu'il était enfin parti. Quoi ? ai-je demandé. Il a dû m'expliquer que l'échafaudage qui couvrait la façade de notre immeuble depuis trois ans avait finalement été démonté. En revanche, la semaine dernière, alors que je lui racontais une histoire sur le type qui habite au 5C, il a dit : Quoi, attends, quel dealer ?

• • •

Quand j'arrive, la chienne me réclame un glaçon. Je lui en donne un, mais elle persiste à déplacer sa gamelle dans la cuisine. « Qu'est-ce que tu as fait aujourd'hui ? » je demande à Ben. Il hausse les épaules. « Essentiellement du code et quelques lessives. »

Il y a une pile de linge héroïquement plié sur la table. J'y retrouve ma chemise préférée et mes sous-vêtements les moins déprimants. Je vais les enfiler dans la chambre. Je me sens une toute nouvelle personne.

Trois jours après ses noces, la reine Victoria écrivait: *Mon très cher Albert a enfilé mes bas pour moi. Je l'ai regardé se raser, quel délice…*

Ma mère m'appelle pour me parler de la lumière, de la vigne et du pain vivant.

À sept heures du matin, Eli s'amuse. Je lui confisque la grenouille qui bave, que je pose sur le haut du frigo. «C'est l'heure! Va chercher ton cartable!» je lui dis. La tête posée sur les pattes, la chienne m'observe d'un air méfiant. Je passe vaguement une brosse dans les cheveux d'Eli. Il grimace et il m'échappe. «C'est l'heure! Mets tes chaussures!» je crie. Pour finir, on franchit la porte.

Mrs. Kovinski voudrait dire quelque chose à propos des ascenseurs, mais on passe en courant devant elle. Il y a dix rues à parcourir. Je marche trop vite en tirant Eli derrière moi. Cette vie ne va pas, je le sais, je le sais, mais s'il est en retard, il y aura la queue au bureau.

Dernier sprint à travers la cour, on arrive juste à temps. Je suis essoufflée, en sueur et triste. Je dépose un baiser sur la tête d'Eli, j'essaie de balayer la précipitation. Pourquoi n'ai-je pas plus d'enfants ? Ça me donnerait plus de chances.

Les autres mères savaient qu'il ne fallait pas en avoir qu'un seul. Elles forment un petit groupe près de l'entrée. Elles parlent ourdou, je crois. L'une d'elles me sourit, je lui fais un petit signe.

Que suis-je, à ses yeux ? je me demande avec mes vêtements de couleur terne et mes lunettes à la mode. La semaine dernière, elle a offert un sac de soie pour la tombola de l'école – de la soie rouge tissée de fils dorés. Eli veut remporter le lot pour se confectionner une cape. Je sais écrire le nom de cette dame, mais pas le prononcer.

• • •

Cette femme est psy. Et bouddhiste. Elle aime bien se servir des deux casquettes avec moi, ai-je remarqué. « Tu as toujours l'air de t'identifier de façon négative plutôt que positive. Pourquoi, selon toi ? »

À toi de me le dire, madame.

Le mardi, elle fait des séances de méditation au sous-sol. Ouvertes à tout le monde, pas seulement aux universitaires. J'ai remarqué que Margot écoute d'une façon différente de moi. Elle est attentive, mais elle laisse ses histoires personnelles de côté.

C'est calme aujourd'hui, alors je l'aide à préparer la salle. Des coussins pour les plus forts, des chaises pour les plus faibles. « Tu devrais venir », me dit-elle toujours, mais je ne le fais jamais. Je ne saurais pas où m'asseoir.

• • •

La question de minuit pour mon mari : « C'est quoi le problème avec mon genou ? Il fait un petit bruit quand je marche. Et je ressens un tiraillement en montant l'escalier. » Il est en train de manger une cuiller de beurre de cacahuète. Il la pose dans l'évier et s'agenouille pour m'examiner. « Ça fait mal ? » il demande en pressant légèrement sur la peau. « Et comme ça ? Et là ? » J'agite la main pour indiquer peut-être que oui, peut-être un peu. Il se lève et m'embrasse. « Cancer du genou ? » il suggère.

L'avantage d'être drogué aux somnifères : on ne dit pas drogue, on dit accoutumance.

• • •

C'est amusant de voir comment, de nos jours, les gens aiment donner des leçons à propos de tout et n'importe quoi. Sur les marches de la bibliothèque, à propos de mon sandwich au jambon: «On est allé plus loin dans la domestication du cochon que dans celle du chien! Une vache est capable de comprendre les causes et les conséquences!» Mais qui t'a demandé ton avis? je pense, puis je rentre manger à mon bureau.

Le type en costume minable me raconte des choses intéressantes. Il travaille dans un service de soins palliatifs. Il me dit que lorsqu'on perd un être cher, il faudrait pouvoir rester trois jours seul chez soi. Parce que c'est là que les manifestations ont lieu. Sa femme s'était manifestée sous la forme d'une petite tornade qui avait fait voler tous les papiers sur son bureau. «Merveilleux, merveilleux», dit-il.

• • •

Il y a un panneau sur l'ascenseur pour annoncer qu'il est hors service. Je reste plantée devant, comme si ça allait changer quelque chose. Mrs. Kovinski surgit dans le hall. Sa théorie, c'est qu'on prend n'importe qui pour s'occuper de l'immeuble, maintenant. N'importe qui.

Je récupère le courrier et je me prépare à une lente montée des marches. On continue à recevoir la lettre d'information de l'école maternelle chic. Cette fois, elle contient la liste des pires peurs des élèves. L'obscurité n'y figure pas. Le sang, les requins et la solitude sont en position 8, 9 et 10.

Quand j'entre, la chienne dort sous la table. Eli plie une feuille de papier blanc. « Ne regarde pas, il me dit. Je suis en train d'inventer quelque chose. Personne ne saura que j'ai fait ça à part moi. »

Je ne regarde pas. Je donne des croquettes et de l'eau à la chienne, je jette un coup d'œil plein d'espoir dans le frigo. La fenêtre est ouverte. Dehors, il fait beau. Il n'y a pas de pigeons sur l'escalier de secours. Il reste quelques pots suite à notre expérience de culture de tomates. « Waouh », fait mon fils.

Ma peur numéro un, c'est que les jours accélèrent. Ce genre de choses n'est pas censé se produire, mais je suis certaine de le percevoir quand même.

• • •

« Tu veux grignoter un bout ? » me propose-t-elle. J'hésite, parce que Catherine travaille dans la publicité. Elle a rencontré mon frère à son agence, où il faisait partie d'un panel. Payé cent dollars cash. Il s'agissait de trouver des noms pour un déodorant destiné aux enfants de moins de dix ans. Henry a proposé : La Puanteur des Anges.

Je n'arrive pas à croire qu'ils sortent ensemble, mais lors de leur premier rendez-vous, ils ont tous les deux commandé de l'eau gazeuse. Les gens qui ont franchi les douze étapes disent que ça constitue la treizième. Elle avait un peu touché à la coke. Lui, il s'en est toujours tenu aux médocs.

Je réponds à Catherine que je préfère attendre le dîner. Par la suite, je passe près de son bureau. Il y a un dossier posé dessus.

Chips : ambition, succès, haut potentiel
Fruits à coque : facile, empathique, compréhensif
Popcorn : sens des responsabilités, intelligence, confiance en soi

Je me dirige vers le salon où Ben mange avec allégresse des noix de cajou.

• • •

Dimanche matin. La chienne a attrapé un lapereau dans l'herbe. Elle a refermé sa gueule dessus une fois, puis l'a lâché. On tente de le sauver. Une personne du jardin communautaire nous a donné une boîte doublée de tissu. Le lapereau tremble de tout son corps. Il n'y a pas de sang, uniquement des petites traces dans sa fourrure là où la chienne a planté ses crocs. On essaie de le relâcher dans le jardin, mais il est déjà mort. D'effroi, selon moi.

Ce soir-là, Eli pousse un cri hystérique dans la cuisine. Il y a un crâne de souris sous l'évier, il dit. Je lance un regard noir à Ben. Je croyais qu'on les tuait en secret. Il se lève péniblement pour aller voir. Il s'agenouille pour regarder sous l'évier. Ce n'est qu'un bout de gingembre. On est tirés d'affaire.

• • •

Je ne sais pas quoi faire au sujet de ce chauffeur privé. Il m'explique que les affaires vont mal ; qu'il n'y a plus d'appels. Il a dû laisser partir tous ses employés, il n'a conservé qu'un seul véhicule. Il dort sur place pour ne pas rater la moindre course. Sa femme lui a dit qu'elle allait le quitter.

Mr. Jimmy. C'est le nom sur la carte qu'il m'a donnée. J'essaie de ne plus utiliser que ses services, même si ce ne sont ni les plus rapides, ni les meilleurs. Parfois, quand j'appelle, il a la voix pâteuse. Il annonce toujours sept minutes, mais c'est bien plus que ça, maintenant.

J'avais l'habitude de ne commander une voiture que si je risquais d'être en retard, mais là, je m'aperçois que je compte le double en temps de trajet. Ça serait pareil en bus, voire plus rapide. Et aussi dans mes moyens. Mais si je suis sa dernière cliente ?

Je suis en retard à la conférence. En plus, je me trompe de bâtiment. Le temps que j'arrive, Sylvia a presque fini de parler. Il y a beaucoup de monde dans le public. Derrière elle, on aperçoit un graphique en forme de crosse de hockey.

« Être une bonne personne, une personne morale dépend de la situation : crise ou circonstances ordinaires », explique-t-elle. Elle montre une photo de gens en train de pique-niquer au bord d'un lac. Ciel bleu, arbres verts, personnes blanches.

« Imaginez-vous pique-niquer dans un parc avec des amis. Un acte moralement neutre, bien sûr. Mais si vous remarquez des enfants en train de se noyer et que vous continuez à manger, cela fait de vous un monstre. »

Le modérateur signale que le temps imparti a pris fin. Une queue d'hommes se forme pour avoir le micro. « J'ai une question et un commentaire », disent-ils. Une jeune femme se lève et rejoint la file. Je la regarde se rapprocher peu à peu. Pour finir, elle parvient à poser sa question.

« Comment faites-vous pour rester optimiste ? »

Après, il m'est impossible d'accéder à Sylvia. Il y a trop de gens. Je repars à pied prendre le métro en essayant de réfléchir au monde.

Un jeune s'inquiète : et si rien de ce que je fais ne compte ?

Un vieux s'inquiète : et si tout ce que je fais compte ?

• • •

Depuis presque deux ans, je m'arrange pour ne pas croiser une mère d'élève de l'ancienne maternelle. Ce qui requiert une certaine habileté. Je suis vigilante quand je m'aventure à la boulangerie chic ou à la coopérative. Elle s'appelle Nicola et, de façon incompréhensible, son fils se prénomme Kasper.

Elle avait cette façon de parler de l'école primaire du secteur. Elle vantait dans le même souffle les mérites des petits immigrés qui la fréquentaient et des professeurs particuliers qu'elle avait embauchés pour que son fils y échappe. Des batailleurs, disait-elle d'eux.

Comme s'ils étaient ramoneurs ou vendeurs de journaux encore tout chauds de l'imprimerie.

Nicola avait toujours des fiches de révision sur elle. Elle attendait son fils avec un goûter dont elle lui apprenait le nom dans une langue étrangère. *Apfel. Birne.*

Eli était sous le charme. Il voulait que je porte de plus beaux vêtements. Il voulait que je lui apprenne le nom des fruits dans d'autres langues. Un jour, je lui ai apporté une banane (en allemand : *banane*). Je lui ai dit qu'il pouvait passer l'examen pour les écoles spéciales s'il voulait, mais qu'en aucun cas il n'aurait droit à des professeurs particuliers hors de prix.

Quelques jours plus tard, alors que je le disputais parce qu'il avait perdu sa nouvelle boîte à déjeuner, il m'a regardée en disant : Tu es sûre que tu es ma mère ? Des fois, on dirait que t'es pas assez bonne.

Ce n'était encore qu'un enfant, alors j'ai laissé filer. Des années plus tard, je n'y pense peut-être plus qu'une ou deux fois par jour.

• • •

J'ai fini par assister à une séance de méditation. Mon genou me faisait mal alors j'ai pris une chaise. La femme qui a presque atteint l'illumination était sur un coussin. Je me suis demandé quelle était son histoire. À la fin, elle a posé à Margot une question, ou ce qu'elle pensait être une question.

«J'ai eu la chance de vivre longtemps dans un monde où les ego sont dissous. Et je me rends compte que j'ai du mal à revenir au monde différencié, celui dont vous étiez en train de parler, où il faut faire la vaisselle et sortir les poubelles.»

Elle était très enceinte, peut-être de six mois. Oh, ne t'inquiète pas, ai-je pensé, le monde différencié va bientôt venir te botter le cul.

• • •

Finalement Eli s'en est bien sorti à l'examen. Pas au point d'intégrer une école à l'autre bout de la ville, mais assez pour avoir droit à quelque chose dans le secteur qui s'appelle AIGLE. (Personne n'explique ce que ça veut dire, mais aucune importance, parce que les aigles, ça vole haut!) Pour Nicola, c'était le résultat d'une année de labeur. Je la revois s'approcher avec un sourire béat le lendemain des résultats. Quelle semaine, elle m'a dit. On a appris que Kasper est à la fois surdoué et talentueux.

Eh bien, j'ai dit.

Peu après, il est venu à la maison. Les garçons ont joué aux Lego, puis ils se sont mis à courir partout en sautant ça et là. Ils se prenaient pour des soldats, des ninjas, rien de particulièrement surprenant ni révélateur de profondeurs insoupçonnées. Puis Eli a sorti son jeu favori, un ensemble de cônes et de boules de glace en plastique. Il a demandé à son ami s'il voulait jouer au camion du glacier, mais Kasper s'est accroupi sous la table pour faire un jeu à lui. Ça s'appelle Le Temps, il a dit.

Qu'est-ce qui est mieux quand on est grand?
Les pique-niques.
Les pique-niques?
Les gens apportent des choses qui sont mieux.

• • •

Sylvia passe à la bibliothèque. «J'ai une proposition à te faire», elle dit. Elle veut me payer pour répondre à ses e-mails. Elle en reçoit beaucoup en ce moment à cause du podcast. Avant, elle s'en chargeait elle-même, mais elle n'y arrive plus.

Je lui demande quel genre de messages elle reçoit. Il y a de tout, elle me dit, quoique les gens qui lui écrivent sont soit fous soit déprimés. Pas de doute, Ben et moi aurions bien besoin de cet argent, mais je lui réponds que je dois y réfléchir. Car il est possible que ma vie soit déjà remplie de gens comme ça.

• • •

C'est le premier jour du printemps, nuages étranges, soleil brumeux. Henry est en boucle. Il a toujours été comme ça, mais il sait très bien le cacher aux autres. Il garde tout jusqu'à ce qu'on soit ensemble, puis il se lance dans les confessions.

« Lizzie, j'ai tout le temps cette pensée.

— Quelle pensée ?

— Et si j'avais vendu mon âme au diable quand j'étais petit ?

— Tu n'as pas vendu ton âme au diable.

— Et si j'avais vendu mon âme au diable mais que je ne m'en souviens pas ?

— Tu n'as pas vendu ton âme au diable.

— Et si je l'avais quand même fait ?

— Henry, dans ce cas, qu'en aurais-tu retiré ? »

• • •

Quelques jours plus tard, Sylvia décide d'améliorer sa proposition. Elle dit que je pourrais aussi l'accompagner dans ses voyages pour me charger de la logistique et lui apporter mon soutien dans les moments pénibles. Avertissement : ces derniers temps, les e-mails ont tendance à virer évangéliques. Il y a beaucoup d'interrogations sur le Ravissement au milieu de questions sur les éoliennes et la taxe carbone. « Pas de problème, je lui dis. Retour au bon vieux temps pour moi. » Son erreur a été d'appeler son podcast *Enfer et Grandes Eaux.* De cette façon, elle avait toutes les chances d'attirer ceux qui croient à la fin du monde.

J'ai parcouru le dossier des questions que les gens lui posent. Elle les a imprimées comme une personne âgée, ce qu'elle est sans doute.

L'insectocopter est-il comparable au guépard alpha ? Quelle importance que l'extinction puisque nous savons comment se finit la Bible ? Qui a inventé les traînées de condensation ? Comment la dernière génération saura-t-elle que c'est la dernière ?

Elle a l'air fatiguée, je trouve, un peu floue sur les bords. Elle s'est lancée dans cette interminable série de conférences. Je me dois de l'aider. Je dis dit : Oui, d'accord, pourquoi pas, bien sûr.

• • •

Le problème de l'école d'Eli, c'est qu'elle n'est pas à taille humaine. Le bâtiment comporte cinq étages. Il y a douze classes de CP. Quand la cloche sonne, les enseignants font avancer les enfants en rangs bien compacts. La cour de récréation est grande, mais elle donne sur l'avenue. Il y a un trou dans la clôture là où le grillage est replié, et chaque fois que je vois ça, je suis saisie de terreur. Toute l'année, j'ai participé à une commission assommante pour discuter des moyens de la faire réparer. Je ne suis pas passive, mais je peux vous dire que j'en fais bien moins que ces parents immigrés.

J'envoie lettre sur lettre à la direction. *Il a été porté à notre attention*… Rien ne bouge. J'ai appris qu'une commission a passé une année tout entière à proposer des semis dans les classes de maternelle. À la fin, ça a été non. Refusé. Question de sécurité, ont-ils prétendu.

• • •

Récemment, je me suis rendu compte que je m'habille comme les jeunes sur le campus, ou alors qu'ils s'habillent comme moi. C'est mon style depuis des années, mais allez savoir comment, il est revenu à la mode. J'ai vieilli, alors je me dis parfois que je me ridiculise avec quelque chose qui n'aurait pas attiré l'attention quand j'étais plus jeune. En début d'année, je suis allée m'acheter des vêtements plus basiques. Henry prétend que je m'habille comme un petit oiseau brun.

Question : Comment la bonté de Dieu va-t-elle se manifester jusque dans la couleur des plumes des oiseaux et autres animaux ?

Réponse : Les petits oiseaux, qui sont aussi les plus fragiles, ont davantage de plumes que les plus gros. Les animaux qui vivent dans les régions froides ont des pelages plus épais et plus rêches que ceux qui évoluent en pleine chaleur tropicale.

Je dois faire mes bagages pour accompagner Sylvia, mais j'entends un bourdonnement dans la chambre. Je ne vois pas ce que c'est, en revanche, j'entends des petits coups contre la vitre. Une abeille ou une guêpe, sans doute. Prisonnière des stores. J'attrape l'insecte entre une tasse et un bristol.

Aucun bruit dans la tasse. Malgré tout, c'est difficile de croire que ce n'est pas de la joie, la façon dont il s'envole lorsque je le libère par la fenêtre.

• • •

Il fait encore jour quand on sort du cinéma. Henry va rejoindre Catherine. Il doit rencontrer ses amis de la pub. Les créatifs, elle les appelle, car elle n'est pas comme eux ; elle, elle fait partie de l'encadrement. J'aime bien le son de ce mot. Il sonne comme la promesse d'une baston.

Je vois bien que Henry est nerveux. « N'oublie pas, ne sois pas toi-même », je lui dis. Il lâche un petit rire. Je le regarde s'éloigner à pied, les mains dans les poches, le dos voûté. *Restez soudés, vous deux*, c'est ce que disait ma mère.

Je me souviens de la première fois où je lui ai préparé à manger. J'ai sorti les blancs de poulet du frigo, j'ai retiré l'emballage en plastique. Du jus rose a coulé partout, je l'ai nettoyé avec une éponge. Puis j'ai mis les blancs de poulet dans une poêle, j'ai versé une bouteille de sauce soja dessus. Un quart d'heure plus tard, on mangeait.

Tout
Matériel Immatériel
Animé Inanimé
Sensible Insensible

J'écoute *Enfer et Grandes Eaux* en rentrant à la maison. Cet épisode traite du Temps profond. Le géologue interviewé parle vite, il balaie en un instant des millions et des millions d'années. L'ère des oiseaux est terminée, dit-il. De même que celle des reptiles. Et des plantes à fleurs. Notre ère, c'est l'holocène. Holocène, ça signifie « maintenant ».

• • •

Première conférence avec Sylvia. Quelque chose que je remarque : beaucoup de gens qui ne sont pas amérindiens parlent des Amérindiens.

La région Shuswap était considérée par ses tribus comme une terre splendide et fertile. On y trouvait des saumons et du gibier dans les mois chauds, des tubercules et des racines dans les périodes plus froides. Les tribus qui vivaient là avaient développé des technologies pour utiliser au mieux les ressources. Pendant bien des années, elles ont magnifiquement prospéré sur leur terre. Puis les anciens ont compris que l'univers des tribus devenait trop prévisible, que la notion de défi avait disparu de leur vie. Sans défi, ont-ils averti, la vie perd de son sens. Alors au bout de quelques décennies, ils ont conseillé au village de se déplacer. Ils sont tous partis pour une autre région des territoires Shuswap, et dans cette nouveauté, la vie a repris du sens. De nouveaux cours d'eau à apprivoiser, de nouveaux sentiers de gibier à repérer. Tout le monde s'en est senti rajeuni.

Cette personne a eu une démarche semblable. Elle a longtemps habité à San Francisco avant de déménager à Portland.

• • •

Parfois, j'aime questionner ma cheffe sur les schémas récurrents que je repère à la bibliothèque. Ça fait vingt ans qu'elle travaille ici. Elle voit tout et tout le monde. Pourquoi trois personnes différentes sont-elles venues déposer une annonce sur l'apiculture aujourd'hui ? Cette fois, Lorraine s'est contentée de hausser les épaules. « Il y a des choses dans l'air, ça flotte », elle dit, et je pense aux feuilles mortes, à quelque chose qui tombe et s'accumule sans qu'on le remarque.

Également dans l'air du temps : une collègue a pris l'habitude de garder ses radios dans son sac. Une histoire d'erreur médicale. Qui ne peut être défaite, mais qui peut être racontée.

Il y a aussi ce professeur chanceux, celui qui a très vite été titularisé. Tout à coup, il passe d'amateur d'alcool à alcoolique. La semaine dernière, on a dû le sortir de sa propre fête d'anniversaire pour le mettre dans un taxi. Il a fallu payer le chauffeur à l'avance, sinon il ne l'aurait pas pris. Ce n'était pas la première fois, a dit Lorraine. C'est bientôt mon anniversaire.

J'ai une superstition livresque à ce sujet. J'aime bien lire ce que Virginia Woolf a dit de tel ou tel âge dans son journal avant qu'elle-même l'atteigne. En général, c'est inspirant.

D'autres fois…

La vie, comme je le disais déjà à l'âge de dix ans, est prodigieusement intéressante – et certes plus rapide, plus intense à quarante-quatre ans qu'à vingt-quatre, et plus désespérée, sans doute, alors que le fleuve s'élance comme une flèche vers Niagara – nouvelle image que j'ai de la mort; active, positive, comme tout le reste, stimulante; et d'une grande importance sur le plan de l'expérience[1].

• • •

J'achète un télescope parce que j'ai envie de voir. J'achète des chaussures de course parce que j'ai envie de courir. Ce coin sent les ordures. Je prends à gauche pour gagner des rues plus vertes. C'est mieux. J'essaie de courir jusqu'au parc, mais ces chaussures ne vont pas.

• • •

Je ne parle pas beaucoup des courriers à Ben. Il serait contrarié de la nature des questions. Il est déjà inquiet à l'idée que les évangélistes tentent de prendre le pouvoir. Main dans la main, bien sûr, avec les Juifs pour Jésus.

Il y en a un qui se plante près du Dunkin' Donuts le week-end. « Excusez-moi, saviez-vous que Jésus était juif ? » il nous demande quand on passe. « Ouaip », on lui répond.

Et aussi, on a entendu la Bonne Nouvelle : Jésus est ressuscité. On le sait comme tout le monde sur cette planète, y compris les chasseurs-cueilleurs au plus profond de la forêt tropicale qui fuyaient pourtant tout contact. Juste une fois, j'aimerais que quelqu'un le mentionne, comme ça la Bonne Nouvelle aurait enfin un sens différent.

• • •

Il y a un mot sur le frigo pour prévenir qu'il n'y a plus ni lait ni fromage ni pain ni papier hygiénique. J'emmène Eli dîner dehors. ANIMAUX NON AUTORISÉS prévient un panneau devant le restaurant. « Mais on est des animaux, non ? » « Ne sois pas tatillon », je lui dis.

Eli m'annonce qu'il a décidé d'avoir deux enfants ; non, un seul, il se corrige, parce que c'est plus facile. On commande des sandwiches au fromage grillés et on écoute la conversation à la table voisine. « C'est ton âme sœur ? » demande la femme à son amie. « Difficile à dire », répond-elle.

• • •

Quand surviendront les Jours de l'Affliction? L'inondation de Noé a-t-elle recouvert toute la terre ou uniquement les endroits où vivaient les gens? Les animaux domestiques peuvent-ils être sauvés et donc aller au paradis? Si non, que deviennent-ils?

Petits, c'était surtout la dernière question qui nous préoccupait. On avait une chatte, et notre mère nous avait autorisés à lui donner chacun un nom. Ce qui avait abouti à Stacy Stormbringer. On adorait cette chatte. Puis, dans un camp biblique, on a vu un film. Le père disparaissait, et tout ce qui restait de lui, c'était le bourdonnement de son rasoir électrique. Notre mère serait sauvée, pas de doute, mais nous? Et si, à notre retour à la maison, on la retrouvait déserte? Resterait-il au moins Stacy Stormbringer?

Parti en poussière, on disait. Comme si Dieu était un balai.

•••

Henry et Catherine viennent dîner. Elle m'offre des tournesols géants, j'essaie de trouver un vase assez grand. Elle semble troublée par tous les livres. «Vous avez lu tout ça, Ben et toi?» elle me demande. Plus tard, elle commence à dire qu'on vit une époque sans précédent.

Je vois Ben hésiter. Il a une relation compliquée avec tout ce qui est moderne. D'un côté, il conçoit des jeux vidéo éducatifs. D'un autre, il a fait une thèse de lettres classiques. Au bout de deux années noires sur le marché de l'emploi, il a appris à coder.

Je décide de répondre à sa place. Je raconte une anecdote réchauffée sur Lucrèce. Le type qui vivait au premier siècle avant Jésus-Christ prétendait déjà à son époque que tout allait trop vite. Un instant, une peur terrible ! Le suivant, l'apathie ! Catherine regarde Henry, puis me regarde. «Je parlais au niveau politique, c'est tout», elle dit.

• • •

Parfois, Mr. Jimmy s'exprime sous forme de petites explosions. Aujourd'hui, il me raconte qu'il a amené la vieille guimbarde de son fils à la décharge située de l'autre côté du fleuve, où elle a été broyée par des machines géantes. «Vous auriez vu ça», il dit. Il m'explique qu'après, il a essayé de soulever le cube de métal, mais qu'il n'a pas réussi à le faire bouger d'un pouce. «Alors que ces bras l'ont soulevé comme si ça ne pesait rien !» Je lui dis qu'un jour, ces machines nous broieront tous. L'idée lui plaît. Il fait un petit sourire. « Comme avec une grosse pince qui fonce sur nous. »

• • •

Sylvia m'emmène à un dîner huppé avec des gens de la Silicon Valley. Certains sont donateurs pour son podcast et elle espère les convaincre d'investir dans une fondation qu'elle est en train de créer. Qui a pour but de rendre sauvage la moitié de la planète. Mais ça n'intéresse pas du tout ces types. Pour eux, la désextinction est une bien meilleure piste. Ils sont déjà en train d'investiguer sur les biotechnologies nécessaires. Ils s'intéressent beaucoup au mammouth laineux. Et au tigre à dent de sabre.

Je me retrouve assise à l'autre bout de la table par rapport à Sylvia. Coincée à côté d'un jeune techno optimiste. Qui m'explique que la technologie actuelle cessera de paraître étrange quand la génération qui n'a pas grandi avec se taira. Je pense que ce qu'il veut dire, c'est, mourra.

Son propos, c'est que pour finir, les gens gênés par ce qui disparaît auront disparu, et que par la suite, il n'y aura plus de discussion sur ce qui a été perdu, uniquement ce qui a été gagné.

Mais je n'aime pas ce que j'entends. Cela signifie-t-il que si on se retrouve là où on ne veut pas, c'est impossible de rebrousser chemin ?

Il ignore ma remarque, il noie le poisson en énumérant toutes les façons dont lui et les siens ont changé et changeront le monde. Il me dit que la maison connectée arrive, que bientôt tout dans notre vie sera relié à l'Internet des objets, bla bla bla, que via les réseaux sociaux nous serons en contact avec n'importe qui d'autre dans le monde. Il me demande quelles sont mes plateformes préférées.

Je lui explique que je ne suis inscrite nulle part parce que les plateformes me donnent l'impression de me transformer en écureuil. Pas vraiment en écureuil, mais en rat qui ne peut s'empêcher d'appuyer sur un levier.

Quelques grains d'affection ! Quelques grains de colère ! Pitié, pitié, mon mignon !

Il me regarde, je le vois calculer les petites et les grandes façons dont j'essaie d'empêcher le futur d'advenir. « Eh bien, bonne chance avec ça, si je puis me permettre », commente-t-il.

Plus tard, Sylvia me raconte que c'était encore pire dans son coin de table. Le type en veste Gore-Tex n'a pas arrêté de divaguer sur le transhumanisme, comment nous accueillerions bientôt ces corps pesants pour appartenir à la singularité. «Ces gens qui rêvent d'immortalité sont incapables d'attendre dix minutes une tasse de café», dit-elle.

• • •

Un nouveau venu au cours de méditation raconte sa visite d'un monastère. Il déclare que l'atmosphère était incroyable, que ça ne ressemblait à rien de ce qu'il avait déjà connu. Margot l'observe. «Il n'y a que les visiteurs qui éprouvent quelque chose. Les habitants du monastère ne ressentent rien», dit-elle. C'est plus fort que moi. Je ris. «Redresse-toi», elle me dit, sa voix comme un bâton très dur.

• • •

D'accord, d'accord, j'ai fini par me bousiller le genou avec toutes ces allées et venues. Hier soir, j'avais si mal que je n'arrivais pas à dormir. Ben insiste pour que j'aille consulter dans la semaine. Mais avant, j'ai des questions. Et si c'était la goutte? «Ça ne peut pas être la goutte», il me dit. «Ça pourrait être de l'arthrite? Je suis trop jeune pour ça, non?» Il acquiesce. «Tu es bien trop jeune, et puis ça survient beaucoup plus lentement.»

Cette nuit-là, je rêve que je suis dans un supermarché. Où il y a une musique abominable. Et un éclairage insupportable. J'arpente les rayons avec l'espoir de réduire les lumières mais je ne trouve pas l'interrupteur. Je me réveille déçue. Où sont passés ces rêves où on s'envole ?

• • •

Sur le trajet, Mr. Jimmy me pose des questions. Qu'est-ce qui se dit dans ces conférences, en fait ? Est-ce qu'il y a un message à retenir ? Non, je lui réponds. Mais en réalité, il y en a un.

Ils s'en sont d'abord pris au corail, mais je n'ai rien dit parce que je n'étais pas fait de corail…

À la clinique, le médecin examine mon genou. Il me demande si j'ai d'autres soucis de santé. « Par exemple ? » « De la goutte ? » « Comment savoir si j'ai de la goutte ? » dis-je d'une voix tout à coup étrangement aiguë. « Oh, vous le sauriez », il répond. Il m'envoie passer une radio.

La technicienne radio, plus âgée que moi, plaisante sur le fait qu'elle a du mal à se relever après avoir positionné l'appareil. « Ne vous moquez pas de la vieille technicienne en miettes, elle dit. Ne vous moquez pas de moi, tout va bien.» Je crains qu'elle veuille me prouver quelque chose, me montrer de quelle manière je suis censée gérer l'adversité et la souffrance. «Aucun risque de grossesse», elle dit. Ce n'est pas une question. Malgré tout, elle me passe un lourd tablier en plomb autour de la taille.

Je prends trois positions différentes. La dernière ressemble à une posture de yoga, ma jambe douloureuse pliée vers l'avant, l'autre bien droite. Je suis submergée par la douleur et la nausée. Je me redresse, je cligne fort des yeux. La technicienne est toujours derrière sa vitre, elle me parle. Puis elle me renvoie dans la petite salle d'attente.

Le médecin revient au bout d'un moment. «Bonne nouvelle, il dit. Il n'y a rien d'inquiétant». Je rentre à la maison avec un papier. *Ostéoarthrite, dégénérescence mineure*, y a-t-il écrit. Dans le train, je fais des recherches.

L'ostéoarthrite se développe lentement, et la douleur s'aggrave avec le temps.

Bon, on se calme. Plus tard, quand je raconte mon histoire de goutte à Ben, c'est d'une voix moins enjouée que je ne le souhaiterais. Je fais une petite blague, et la pièce devient silencieuse. Mais j'ai vu ses yeux. Je sais à quoi il pense. Au moment où le museau de la chienne s'est mis à grisonner.

• • •

Henry n'a pas l'air de remarquer que je boitille. Il me parle du boulot que Catherine lui a dégoté. Ça consiste à rédiger des cartes de vœux pour une boîte d'édition minable. Ce genre de cartes très longues qui détaillent tout ce que le destinataire a fait pour l'expéditeur.

À une grand-tante qui a toujours été présente…
À un cousin issu de germain hospitalisé…

Parfois, elles riment, mais le plus souvent ce sont des vers libres. Henry est payé au mot, alors plus elles sont fleuries, mieux c'est. Il a déjà eu un conflit avec son patron sur la différence entre sentiment et sentimentalité.

Tu dois baiser l'anneau, lui a dit Catherine.

• • •

Le matin, le vacataire passe dire bonjour. Il est tout pâle. Je crains qu'il n'ait recommencé à vendre son plasma. Il me raconte qu'hier, sa salle de cours était fermée et qu'il a dû attendre une heure dans le couloir que quelqu'un vienne l'ouvrir. Entre-temps, tous ses étudiants étaient partis. Mais il me dit qu'il s'améliore dans ce genre de situations. Qu'au début, c'était troublant de travailler dans un endroit où personne ne se souvient de votre nom, où il faut appeler la sécurité pour entrer dans sa propre salle de cours, mais à mesure que la vie normale se fait plus fragmentée et déroutante, ça le dérange de moins en moins.

Question : Quelle est la philosophie du capitalisme tardif ?

Réponse : Deux randonneurs rencontrent un ours affamé sur un sentier. L'un d'eux sort ses chaussures de course et les enfile. « Tu peux pas courir plus vite qu'un ours », lui murmure l'autre. « J'ai juste besoin de courir plus vite que toi », répond le premier.

À mon retour, Eli regarde des interviews de personnes candidates à un aller simple pour Mars. Un type a trouvé un moyen encore jamais utilisé dans l'histoire de fuir sa femme et ses gosses. Bien sûr, ce n'est pas facile de s'imaginer dire adieu aux siens sans aucun espoir de connaître un jour ses petits-enfants. Mais il explique être désireux d'entrer dans l'histoire et de découvrir ce que personne n'a encore jamais découvert. Sa femme et ses enfants ne sont pas favorables à cette idée. Ils ont peur de le voir mourir en direct.

Inspire, je sais que, par nature, je vieillis.

Expire, je sais que je ne peux fuir le vieillissement.

Inspire, je sais que, par nature, je peux tomber malade.

Expire, je sais que je ne peux fuir la maladie.

Inspire, je sais que, par nature, je vais mourir.

Expire, je sais que je ne peux fuir la mort.

Inspire, je sais qu'un jour je devrai renoncer à tout ce que je fais et tous ceux que j'aime.

Expire, je sais qu'il n'y a aucun moyen de les emmener[2].

Mec, franchement. Tout ce que je fais et tous ceux que j'aime ? Il n'y a pas plutôt un cours pour débutants ?

• • •

Le dealer du 5C me surprendra toujours. Il est grand, il a toujours l'air endormi, mais il possède des réflexes qui vont à la vitesse de la lumière. Aujourd'hui, l'un de mes sacs de courses s'est cassé et il a récupéré la bouteille d'huile avant qu'elle heurte le sol. Il a un bébé, une fille qui ne vit pas avec lui, un chien magnifique et une petite cicatrice en zigzag dans le cou. Un jour, je lui ai demandé s'il était du quartier, et il a secoué la tête avec un sourire. Gamin, j'étais partout, il a répondu. Un peu ici, un peu là.

• • •

Nouvelle conférence de Sylvia, cette fois au cœur du pays. Je suis assise au premier rang avec son sac telle une véritable assistante. Elle évoque un ouvrage intitulé *Nature et silence*. Qui affirme qu'il n'y a pas d'échelle de valeur. Que tout est aussi évolué.

Elle explique au public que la seule raison pour laquelle nous croyons être au summum de l'évolution, c'est que nous privilégions certains aspects sur d'autres. En matière d'odorat, les chiens sont bien plus évolués que nous. Ils possèdent trois cents millions de récepteurs olfactifs comparés à nos six millions. En matière de longévité, la palme revient au pin de Bristlecone, capable de vivre plusieurs milliers d'années. On pourrait également affirmer que la limace banane est sexuellement supérieure à nous. Hermaphrodite, elle s'accouple trois fois par jour.

Ensuite, nombreux sont les gens qui posent des questions. Certaines sont amicales; d'autres non. Mais Sylvia ne cède pas sur le fait que les humains n'ont rien de particulier. «La seule chose prouvée quant à notre supériorité sur les autres animaux, c'est la transpiration et le vomissement», affirme-t-elle.

Assise sur un banc dans le parc, je remarque de la laitue tombée d'un sandwich. Je nettoie, puis je suis furieuse d'avoir dû faire ça. En rentrant, je ne vois rien sous mes pieds, rien au-dessus de ma tête. Il est possible qu'une lumière verte ait franchi les feuilles. Mais c'est impossible d'en être sûr.

Qu'est-ce qu'un nano colibri? Qu'est-ce qu'un poisson-robot?

• • •

Le soir, quand je rentre, la chienne déchiquette un os en mettant de la bave partout dans la cuisine. Ma mère m'a un jour dit que tout, et tout être, a deux noms. Le premier, c'est le nom par lequel il est connu en ce monde, et l'autre, un nom secret qui demeure caché. Toutefois, si on le prononce, l'être qui y est attaché ne peut que répondre. C'était son nom au jardin d'Éden. Après, je passe un moment à chercher le nom secret de la chienne, mais elle ne répond jamais.

• • •

La première lecture de l'année, c'est par le professeur d'anglais, qui a récemment recouvré la sobriété. Pendant sa cure de désintoxication, il écrivait de la poésie. L'un de ses poèmes prend le point de vue d'un chapeau porté par une belle femme. Après la lecture, il adresse des remarques à ses étudiants présents dans le public. «J'ai écrit sur un chapeau sans pourtant jamais avoir été chapeau», déclare-t-il. Après, alors qu'on range les livres invendus dans des cartons, je trouve une carte que quelqu'un a laissée pour lui.

Vous êtes le destinataire de cette carte
parce que vous avez le privilège de vous exhiber

Vos paroles/actes mettent les gens mal à l'aise

Cochez vos privilèges

[✓] blanc [✓] hétérosexuel
[✓] mâle [✓] développement normal
[✓] position socio-économique [✓] citoyen

« C'est quoi, selon vous ? » me demande-t-il.

L'avenir ?

• • •

L'ingénieur au cœur solitaire voudrait un gouvernement resserré. Le désir d'une administration restreinte n'a rien de nouveau. À la fin du dix-neuvième siècle, un fonctionnaire américain avait proposé de fermer le bureau des brevets. Selon lui, toutes les choses d'importance avaient déjà été inventées.

Ben lit un ouvrage sur la philosophie présocratique. J'ai depuis toujours l'obsession des livres perdus ou à moitié écrits, de ces ouvrages dont on ne possède plus que des bouts. Aujourd'hui, mon déjeuner contenait un sandwich, un biscuit et un petit mot de Ben.

On pense que la couleur existe, on pense que la douceur existe, on pense que l'amertume existe, mais en réalité il n'y a que des atomes et du vide.

(Démocrite a écrit soixante-dix ouvrages. Seuls quelques fragments nous sont parvenus.)

• • •

Il faut vraiment que je range cette valise. « Tu essaies de me dire quelque chose ? » m'a demandé Ben hier soir en l'enjambant à nouveau. On fait souvent des petites blagues sur le thème *Serais-tu en train de me quitter?* La plus ancienne, c'est celle-ci :

Je reviens tout de suite, je sors juste chercher un paquet de cigarettes, dit l'homme à sa femme.

(Les années passent.)

• • •

Je jure que les lettres de hippies sont cent fois plus pénibles que celles des apocalyptologues. Il n'y est question que de toilettes sèches, de préservation de l'eau, des voitures électriques et de comment peser le moins possible sur cette terre en songeant aux sept générations à venir. « Les écologistes sont tellement pénibles », je dis à Sylvia. « Je sais, je sais », elle répond.

• • •

Devant la bibliothèque, la femme du banc parle de Thanksgiving. Pas question, elle refuse d'y aller, lance-t-elle à quelqu'un. On est en mai, mais je me dis qu'elle a raison de déjà s'organiser. Elle a de longs cheveux gris et une mallette remplie de papiers. Des histoires circulent sur elle. La plus populaire, c'est qu'elle est étudiante et qu'elle continue à rédiger sa thèse. Ma cheffe prétend qu'elle travaillait à la cafétéria. Je tente de passer sans qu'elle me voie, mais elle interrompt sa conversation pour me demander de l'argent. Je n'ai pas mon dollar habituel, juste quelques pièces et un billet de vingt. Un jour, troublée, je lui ai donné dix dollars et depuis, je ne suis plus que source de déception pour elle. Je cherche de la monnaie dans mes poches. Elle observe avec attention les pièces jaunes et blanches. Je serai malgré tout bénie.

• • •

Un soir, la mère de Ben téléphone de Floride, autrement dit, du paradis. Elle souhaite être enterrée là-bas, annonce-t-elle. Elle a convaincu le père de Ben. Le problème, c'est qu'ils ont déjà acheté un emplacement près de leur ancienne synagogue. Pourrions-nous le vendre pour elle ? «Je ne sais pas du tout comment se passe ce genre de choses, maman», répond Ben. Elle propose de nous le céder, mais Ben refuse d'être enterré à Hackensack, New Jersey.

Je songe à la fois où Sylvia a interviewé ce célèbre futuriste. Elle lui a demandé ce qui était sur le point d'arriver et il a ressorti sa prédiction la plus connue : *des personnes âgées, dans des grandes villes, effrayées à la vue du ciel.*

• • •

Certains convives du dîner mondain ont déjà investi dans des villes flottantes, de celles qu'on peut ancrer dans les eaux internationales et confier à des gouvernements peu scrupuleux. Nos hôtes sont du genre polis, ils savent écouter, disent-ils. Ils prennent des notes pendant que Sylvia parle, mais à la fin, ils posent la question enquiquinante : quel sera l'endroit le plus sûr ? De toutes les personnes qu'ils ont consultées, pas une ne leur a fait de véritable réponse.

« Mais vous avez interviewé tout le monde. Y a-t-il un consensus ? Un schéma récurrent chez les scientifiques et autres journalistes ? On ne veut pas savoir ça pour nous, mais comprenez, nous avons des enfants. »

• • •

Catherine a confectionné un repas végétarien pour fêter l'emménagement de Henry chez elle. Il a dû quitter son appartement car le fils de son propriétaire voulait le récupérer. S'il le lui avait dit plus tôt, elle l'aurait aidé à se battre, mais il a attendu la dernière minute.

Je comprends la réticence de Henry. À l'instant où on évoque un problème devant Catherine, elle entre en action et ne s'arrête plus tant que le problème n'est pas résolu. C'est pour ça que mon frère glisse parfois la poussière sous le tapis; pour avoir le temps de se préparer à l'intensité de sa mobilisation.

C'est sans doute pour le mieux, parce qu'il a l'œil vif et qu'il est rasé de près alors qu'il nous sert un plat à base de boulgour. Il y a des napperons et des bougies. J'ai envie de plaisanter en disant qu'il a gravi un échelon dans la société, mais je me retiens. Tout cet ordre est peut-être bon pour lui.

Au dessert, Catherine sert des fruits accompagnés de crème fouettée sans sucre. Mon fils déchire sa serviette en morceaux de plus en plus petits. « Qu'est-ce qu'il y a à faire ici ? » il murmure. Henry entend et se penche pour lui parler tout bas à l'oreille. Eli sourit.

« Qu'est-ce que tu lui as dit ? » je demande ensuite à mon frère. « Rien. »

• • •

Cette femme vient d'avoir cinquante ans. Elle me parle du flou qui l'entoure désormais, du fait qu'on la remarque à peine. Elle se dit qu'elle n'est plus aussi jolie – qu'elle a grossi, qu'elle a des cheveux gris. Ce qu'elle a remarqué et qui lui glace vraiment le sang, me dit-elle, c'est que quand elle rencontre un homme hors du contexte de son travail, il ne la considère pas. Il regarde par-dessus son épaule en lui parlant ou bien il la confie à une femme de son âge. «Je dois faire tellement attention, maintenant», dit-elle.

• • •

J'aide Eli à faire ses devoirs, essentiellement des feuilles d'exercices photocopiées. Son manuel d'histoire-géographie date d'il y a vingt ans. Il s'intitule *Terres et Peuples*. «Il faut toujours dire Amérindiens, me déclare Eli. Jamais Indiens. Je croyais qu'Amira était une Indienne d'Inde, mais en fait, elle est bangladaise.»

C'est la petite fille dont il est amoureux. Ils sont tous les deux des AIGLES. Je lui explique que dans les récits qu'ils envoyaient depuis le Nouveau Monde, les colonisateurs prétendaient avoir vu des araignées grosses comme des chats et des oiseaux aussi petits que des dés à coudre. Ils écrivaient que la faune et la flore étaient tellement étranges qu'ils ne savaient pas comment les décrire. Mais ça ne l'intéresse pas.

«Oui, Amira vient du Bangladesh», dis-je pour reprendre pied.

Ce soir-là, pendant la conférence, un expert explique comment survivre à une catastrophe, qu'elle soit naturelle ou induite par l'homme. Il dit que le fait que les gens paniquent, c'est un mythe. Quatre-vingts pour cent du temps, ils ne bougent pas. Parce que le cerveau refuse d'intégrer ce qui se passe. Ça s'appelle la réaction par l'incrédulité. «Ceux qui survivent sont ceux qui bougent», dit-il.

• • •

Nicola est devant la boulangerie. Elle téléphone, mais dès qu'elle lèvera les yeux, elle me verra. Je plonge juste à temps dans une embrasure. Elle range son appareil et s'éloigne d'un pas décidé. Je suis à l'abri de la quincaillerie.

Mais c'est une erreur, parce que maintenant, le propriétaire veut me raconter comment c'était, Flatbush, avant. Ça a bien changé. Le quartier change. Il y a tout le temps de nouveaux arrivants. Qui ne comprennent pas comment on vivait avant. Qui n'ont aucune patience. Des fois, ils ne connaissent même pas le nom de ce qu'ils cherchent.

Il continue à nous décrire, moi et les gens comme moi. Je devrais peut-être lui acheter quelque chose pour m'extraire d'ici. Je me suis déjà fait piéger une fois, je voulais du scotch bleu. Ce bonhomme n'a que des histoires déprimantes à raconter; même quand on a l'impression que ça ne va pas l'être, dans sa bouche, ça le devient.

Le type me dit combien il aime son magasin, il explique qu'il serait capable de décrire chaque clou et chaque écrou qu'il vend. Depuis qu'il est petit, il aime l'aspect, le poids et la sensation d'un bon outil dans la main. Mais les clients ont pris l'habitude des grandes enseignes. Ils n'en ont rien à faire du service. Ils n'en ont rien à faire de l'expertise. Leur rapport au stock est insensé. «Si vous voulez aller dans un grand magasin de bricolage, eh bien, allez-y!» s'exclame-t-il.

J'achète le marteau le moins cher et il me libère.

• • •

La nuit tombe quand Henry et moi quittons le parc. Une voiture manque de nous renverser. Nous la rejoignons au feu rouge. Mon frère s'approche de la vitre. «Madame, vous avez failli nous tuer», il dit. La conductrice refuse de le regarder. «Vous et vos précieuses vies», dit-elle.

Par la suite, je raconte cette histoire à Margot.
«Tu parles beaucoup de ton frère, observe-t-elle.
— On est proches.
— Ce n'est pas le terme que j'emploierais.
— Et quel serait le terme?
— Empêtrés», dit-elle.

• • •

La fille de cette dame se droguait, alors sa mère avait toujours du Narcan sur elle au cas où elle devrait la ranimer. La dame a cessé de venir pendant longtemps. Maintenant, elle me raconte l'overdose de sa fille. «Je suis allée à l'épicerie, dit-elle, je suis partie une minute à l'épicerie.» Elle veut régler ses amendes, il y en a pour des mois et des mois, mais je prétends qu'elle est à jour.

La semaine dernière, on nous a appris à nous en servir. Si vous ranimez une personne, pensez-vous qu'elle sera reconnaissante que vous lui sauviez la vie? demande le formateur. Non, pas du tout, était la bonne réponse.

Vous chargez-vous parfois du fardeau des autres? Question cinq du questionnaire de l'enchevêtrement.

• • •

Eli est énervé, ce soir. Il se balance sur sa chaise jusqu'à ce que je le dispute. Puis il se lève pour tailler son crayon. «Je voudrais que ça soit l'hiver», il murmure. Il y a une note au bas de la page pour lui rappeler qu'il doit répondre à la question par une phrase complète.

Les esquimaux vivent dans des régions très froides. Nos maisons sont fabriquées en bois ou en briques. L'esquimau fabrique la sienne avec de la neige. Il n'y a pas beaucoup de bois dans les régions froides. Est-ce qu'une maison en neige, ça lui tient chaud?

«On ne dit pas Inuit? je demande. Esquimau, c'est un vieux mot, je crois.» Eli ne m'écoute pas vraiment. Plus tard, je cherche dans mes livres pour vérifier ce souvenir. Au moment où je vais renoncer, je tombe sur une boîte remplie d'anciennes notes. Un jour, j'ai rédigé la moitié d'une thèse. «La domestication de la mort: mythologies transculturelles», avais-je aimé l'intituler.

J'attends l'heure du coucher. Eli et moi suivons toujours la même routine. Juste avant de s'endormir, il me raconte sa journée. Puis il ferme les yeux, il m'écrase la main et il dit: «Pensée heureuse?»

À l'époque où les maisons étaient vivantes

Une nuit, une maison quitta le sol pour flotter dans le ciel. Il faisait noir, on raconte avoir entendu un grand bruit dans l'air à l'instant où elle s'est envolée. La maison n'avait pas encore atteint sa destination que ses habitants l'ont suppliée de s'arrêter. Alors elle s'est arrêtée.

Les occupants de la maison n'avaient pas de graisse de baleine, mais ils ont ramassé de la neige fraîchement tombée, ils l'ont mise dans leurs lampes, et elle a brûlé.

Ils avaient atteint un village. Un homme est venu les voir et a dit : regardez, ils font brûler de la neige dans leur lampe. La neige, ça brûle.

À l'instant où ces mots ont été prononcés, la lampe s'est éteinte.

(Conte de Inugpasugjuk)[3]

• • •

Les examens sont terminés, mais il reste encore quelques étudiants sur le campus. Une fille dont j'ai oublié le nom vient discuter à la bibliothèque. Elle m'a apporté l'un de ces jus sains qu'elle adore. On dirait un milk-shake à l'herbe coupée. Il est saupoudré de pollen, censé vous mettre à l'abri de tout ce qui est dangereux.

Elle me raconte qu'on lui a volé son téléphone, alors à la place, elle en a récupéré un très vieux. Elle a décidé de ne pas racheter le dernier modèle. « Tout va plus lentement, c'est tout. Je sais que je rate des choses parce que je ne réponds pas assez vite à ce que des gens écrivent ou me montrent, mais tant pis. Ça me laisse plus de temps pour réfléchir », dit-elle.

Je suis sous le charme. On dirait presque une transcendantaliste. Je prends une autre gorgée de sa boisson à l'herbe coupée et j'ai l'impression que ça me donne peut-être un coup de fouet.

Elle sort son téléphone pour me montrer à quel point il est obsolète. C'est exactement le même que le mien. Il a deux ans, mais il me permet toujours de trouver tout ce que je veux en un clin d'œil.

« Attendez, je lui dis. Vous parliez en termes de secondes ? Quand vous disiez être à la traîne, vivre lentement, vous parliez en termes de secondes ? » Elle réfléchit. « Ouais, dit-elle, sans doute. »

J'appelle la voiture pour rentrer parce que je suis ridicule. Mr. Jimmy se plaint de cette « compagnie » qui a ruiné son commerce. Allez savoir pourquoi, il refuse de prononcer son nom, mais je sais très bien de qui il parle. Il est arrivé d'Irlande à l'adolescence. Ça fait vingt-cinq ans qu'il est chauffeur, explique-t-il. « Ils ne contrôlent même pas les gens qu'ils emploient. Il suffit d'avoir une voiture à peu près neuve. » J'en ai entendu parler, je lui dis. Il y a même le cas d'une passagère qui aurait été agressée par son chauffeur. Il me jette un coup d'œil. « Voilà, dit-il. Aucun critère. »

Plus tard, je raconte l'histoire de cette fille à Ben. « Des secondes ! » dis-je, mais ça ne l'émeut pas. « Les gens parlent des e-mails, des téléphones et de comment tout ça nous aliène, mais la peur de la technologie nous accompagne depuis toujours », prétend-il.

Quand on a commencé à électrifier les habitations, les gens écrivaient aux journaux pour expliquer que ça allait mettre à mal l'unité familiale. Il n'y aurait plus nécessité de se rassembler autour d'un feu commun, se lamentaient-ils. En 1903, un célèbre psychologue s'inquiétait que les plus jeunes se détournent du crépuscule et de ses moments de contemplation.

Ah ah !

Mais de quand date la dernière fois que j'ai tout arrêté pour le crépuscule ?

• • •

C'est mon anniversaire demain. « Tu entres officiellement dans l'âge moyen », dit ma collègue qui transporte toujours ses radios. Elle ne m'a jamais appréciée parce que je n'ai pas de diplôme. Les bibliothécaires sauvages, on nous appelle, comme si on surgissait du bois.

Lorraine a organisé une petite fête après le boulot. Dans le bar où j'ai travaillé. Il s'appelle le Terrier et il porte bien son nom. Il est sombre, petit et chaud. Mon amie Tracy nous sert des trucs super raides. Je commande des gimlets parce que c'est plus festif.

On se raconte nos dernières histoires. Ça fait six mois qu'elle sort avec un type beau mais méchant qui habite à Philadelphie. Elle me donne des exemples de sa cruauté en ponctuant son histoire de petits rires. « Et j'ai fait toute la route jusque là-bas alors que je déteste conduire quand il y a de la circulation. »

À son arrivée, il y avait un mot sur la porte disant qu'il avait dû quitter la ville à l'improviste. *Installe-toi,* était-il écrit, mais ce n'étaient que des mots, il n'avait pas laissé de clef.

« Il te faut quelqu'un de gentil », je dis.

Il y a quelque chose dans son regard, difficile de dire quoi. Pour finir, je comprends. Elle éprouve de la compassion pour moi et tous ceux qui ont opté pour la gentillesse et la décence. « Bien sûr, bien sûr, je pourrais sans doute trouver quelqu'un de fiable, elle dit. Mais je n'ai jamais ressenti ça avant, jamais. »

Personne n'est fiable, ai-je envie de lui dire. *Fiable* ?

Quand on travaillait ensemble il y a quelques années, je ne savais pas m'y prendre avec les hommes d'après elle. Elle disait ça parce que, apparemment, il faut aller à l'essentiel sans demander au type de vous raconter le jour où il s'est senti vraiment seul. Apparemment, ce n'est pas une bonne idée. Mais ça rend un rendez-vous tellement moins ennuyeux. Est-ce que tu es, est-ce que tu as, qu'est-ce que tu feras… ? Je voulais tout savoir.

Je lui propose une part de gâteau d'anniversaire. Elle évoque la tentation et le péché, tout ça, et il faut franchir chaque étape du chemin de croix avant qu'elle accepte de prendre une bouchée. « C'était délicieux », elle dit, puis elle se dépêche d'aller servir. J'en suis au cocktail numéro cinq, je me dis. Ou six.

Restes-en là.

Mais je n'en reste pas là, pas du tout. Je parle à tout le monde dans le bar. Je raconte des histoires, d'abord des bonnes, puis moins bonnes à mesure que la soirée avance. Si seulement je m'étais souvenue de ce vieux dicton :

Quand trois personnes te disent que tu es ivre, va te coucher.

Le fait qu'il y ait dix mille kilomètres d'égouts à New York, tous situés sous le niveau de la mer, est devenu mon fourre-tout conversationnel.

Le lendemain matin, j'ai comme un tambour dans la tête. La table est couverte de cadeaux. Il y a des gaufres avec des fraises et de la crème fouettée. Ben a veillé tard en taillant des crayons récupérés sous le canapé. Il m'a gardé les plus beaux. Je suis ravie de les glisser dans mon cartable. Surtout le rouge que je pensais ne jamais retrouver.

• • •

Mr. Jimmy remarque ma boiterie. Il me raconte que son fils est devenu handicapé à l'âge adulte sans qu'il en soit responsable. «Sans qu'il en soit responsable, il répète. C'est à vous fendre le cœur», il dit, et je suis d'accord.

J'essaie de joindre Sylvia en attendant la sortie de l'école. «Je vais devoir te rappeler, elle dit. Je dois envoyer un article, mais je cherche encore la nécessaire touche d'optimisme.»

Il fait incroyablement chaud dehors. Je transpire dans mon T-shirt noir. La mère d'Amira est juste à côté de moi. Tu dois essayer, m'a dit Eli hier. Tu dois lui demander. Les vacances arrivent, il commence à avoir peur. Comment il va la revoir ? Où elle habite, d'abord ?

Mais je ne connais pas le nom de la mère d'Amira. Elle discute avec son amie dans une langue que je ne comprends pas. Il reste quatre jours d'école, et trois minutes avant que la cloche sonne. Je mets mes écouteurs et je lance l'épisode intitulé «le filet». Ils ont trouvé que ça sonnait mieux que «la toile».

Un homme appelle de Dallas. *Que signifie interconnecté selon vous ?* questionne-t-il. Il y a un silence, puis l'écologiste répond : *À Madagascar, une espèce de papillon de nuit boit les larmes des oiseaux dans leur sommeil.*

DEUX

Quelqu'un allume déjà des pétards. Il n'est même pas encore midi. Le bruit fait bondir la chienne, qui ne se calme qu'à grands coups de langue baveuse.

Je dois l'arrêter car j'ai les mains dégoulinantes de salive. Je vais les rincer à la salle de bains. Il y a du savon antibactérien que Ben a acheté la semaine dernière au magasin à un dollar. Rose vif. Il ne faut pas utiliser de savon antibactérien! m'a dit Catherine, parce que bla bla bla.

Ben est en train de ranger le placard de l'entrée tandis qu'Eli et moi sommes affalés devant la climatisation. C'est jour de Monopoly. Hier aussi, c'était jour de Monopoly. On économise de l'argent sur les camps d'été et j'attends de longues minutes que mon fils se décide à acheter St. James Place.

Bang! Bang! Bang!

La chienne pousse un petit grognement depuis le canapé. Eli a toutes les gares. Ben nous apporte des glaces rouges, blanches et bleues en glissant sur le sol avec ses chaussettes.

Voté, que nous sommes les Saints.

• • •

La seule chose qu'accepte de faire Eli, c'est de regarder des vidéos sur les robots. Mais ils sont toujours source de déception. Un professeur du MIT explique comment ce machin qui ressemble à un crabe a appris à rechercher la lumière et à éviter les obstacles. « Go ! » il lui dit, et le robot se faufile dans un labyrinthe jusqu'à une minuscule lampe au bout.

Mrs. Kovinski a mis la télé à fond tant et si bien que ça chasse toute pensée de ma tête. Elle ne regarde que deux choses : des feuilletons et la chaîne d'info en continu. Je mets de la musique pour noyer tout ça. *Je suis beau, n'est-ce pas, hein ? Hein que je suis beau ?*

• • •

Ça m'est plus difficile de m'éclipser au cours de l'été mais je fais quand même quelques allers et retours avec Sylvia. Une chose devient claire pendant nos voyages : les gens n'en peuvent plus d'entendre parler des glaciers.

« Tout ça, je le sais, dit un type rougeaud. Mais qu'est-ce que ça change pour la météo en Amérique ? »

• • •

Un matin, une étudiante me dit que l'échec n'est pas une option et ça l'énerve que j'éclate de rire. Je prends résolument une attitude joviale. Je lui dis, hé, moi aussi j'avais de grands projets avant. Des grands, ou au moins des modérés. Elle me dévisage. Pardon ? elle dit. Après son départ, je me glisse aux toilettes pour vérifier que je n'ai pas de rouge à lèvres sur les dents.

Avec les étudiants, il y a parfois ces moments où on a l'impression qu'un vent froid se met brusquement à souffler. Ces derniers temps, je vérifie que mon pull est correctement fermé, que mon T-shirt n'est pas trop bizarre. Je suis comme une femme qui traverse une salle bondée avec une tasse qu'elle tente de ne pas renverser.

Aurait pu, aurait dû, va devoir.

De retour à la maison, je jette sans le regarder le courrier sur mon bureau. C'est mon rituel préféré. Mais allez savoir pourquoi, ce matin, Ben a remarqué la taille de la pile. Il entre dans la cuisine avec un tas de lettres.

« Selon toi, qu'est-ce qui va se passer si tu n'ouvres pas les factures ? Tu crois que quelqu'un va venir pour les faire disparaître ? »

Le grand truc des instructeurs de survie : *L'organisation ou la mort !*

Je dois partir au travail, il dit, je dis, tout le monde dit.

« Je trouve tout le temps des journaux chinois sur mon palier alors que je ne suis pas chinoise », hurle Mrs. Kovinski au bout du couloir.

• • •

ENTOUREZ le chiffre qui indique le mieux ce qui vous manque de votre enfance, et à quelle intensité.

1 = pas du tout, 9 = énormément

Famille
1 2 3 4 5 6 7 8 9

Ne pas avoir de soucis
1 2 3 4 5 6 7 8 9

Des lieux
1 2 3 4 5 6 7 8 9

Quelqu'un que vous aimiez
1 2 3 4 5 6 7 8 9

Des choses que vous faisiez
1 2 3 4 5 6 7 8 9

La façon dont se comportaient les gens
1 2 3 4 5 6 7 8 9

Ce que vous ressentiez
1 2 3 4 5 6 7 8 9

La façon dont était la société
1 2 3 4 5 6 7 8 9

Un ou des animaux de compagnie
1 2 3 4 5 6 7 8 9

Ne rien savoir des choses tristes ou mauvaises
1 2 3 4 5 6 7 8 9

Je commence à comprendre pourquoi tant de gens veulent aller sur Mars. Aujourd'hui, l'invité de la conférence explique que de nombreux scientifiques ont du mal à endiguer leur panique au sujet des dernières données. Les modèles précédents étaient bien trop prudents. Tout a lieu bien plus vite que prévu. Il conclut avec un petit trait d'esprit qui n'est pas de lui.

« Bon nombre d'entre nous souscrivent à ce que notre collègue Sherwood Rowland a déclaré à sa femme un soir en rentrant : "Mon travail avance bien, mais il a un goût de fin du monde." »

• • •

Qu'est-ce qui vous effraie le plus dans cette mission ?
Si je suis choisi, je n'aurai peur de rien.

Qu'est-ce qui vous manquera le plus de la vie sur terre ?
Ce qui me manquera le plus, c'est de nager.

• • •

À Maplewood, on s'assied sur le porche pour contempler le jardin. La mère de Catherine déclare qu'elle songe à planter un lilas. Son père dit que le précédent est mort, qu'il faudrait une variété plus tenace. Il se peut qu'ils se disputent, mais si calmement que je n'en suis pas certaine.

Il n'y a rien à faire d'autre que se promener, alors je décide d'ignorer mon genou qui me tiraille. On descend la rue sous les arbres en fleur. Il n'y a que des jardiniers dehors. Ils sont légion à travailler en silence sur les pelouses. Sauf dans la propriété d'une célébrité riche et progressiste. Là, les jardiniers ont le droit de mettre leur musique mexicaine.

Henry m'oblige à continuer même quand tout le monde rentre. Le week-end précédent, Catherine l'a demandé en mariage, et il a accepté. Il a reçu la bénédiction de ses parents. On marche en silence jusqu'à la limite du quartier, et dans le suivant les maisons sont plus modestes. ESCROC, MENTEUR, VOLEUR, est-il écrit sur un panneau à une fenêtre.

«Je ne vais pas y arriver, me dit mon frère. Je sens plein de mauvaises pensées surgir. Et si je foutais tout en l'air?» craint-il. Il fume cigarette sur cigarette. «On te pardonnera», je lui dis.

• • •

Par miracle, j'ai réussi à faire descendre un sac-poubelle trop plein dans le vide-ordures. Je suis rouge de triomphe en atteignant le couloir. Je vois Mrs. Kovinski près de l'ascenseur. Elle a une canne, maintenant. Elle a fait une chute alors qu'elle participait à un jury. Le plus drôle, me dit-elle, c'est que l'affaire au tribunal concernait justement une chute. Elle répète ça encore et encore.

Parfois je lui rapporte des livres. Elle aimait les romans policiers, m'avait-elle dit. Les romans policiers classiques. Le dernier que je lui ai donné n'était pas bon, elle dit. C'était n'importe quoi. L'inspecteur avait mené l'enquête sur un crime, cherché tous les indices, interrogé tous les suspects, et il finissait par apprendre que le meurtrier, c'était lui.

Évidemment.

• • •

Catherine a écrit Prendre soin de soi au feutre noir sur la main de mon frère. Pour lui rappeler de sortir, de manger équilibré, de se tenir à distance de l'ordinateur.

Le problème, c'est que quand il est livré à lui-même, il regarde encore et encore des vidéos de réfugiés qui tentent de gagner un lieu sûr. Il y a des images de cette île presque à court de ressources. Les gens qui vivent là ont monté eux-mêmes une structure de secours. Les pêcheurs sortent sauver les gens en mer. D'autres leur apportent des vêtements secs sur la plage.

Ben m'a expliqué que dans la culture grecque, c'était un devoir et un honneur de prendre soin des réfugiés. Ça se retrouve chez ces villageois. La façon dont ils vont sauver des gens ou apportent de la nourriture sur la plage à ceux qui sont épuisés. Dans les temps anciens, les dieux mettaient les mortels à l'épreuve en surgissant à leur porte en haillons pour voir s'ils seraient bien accueillis ou chassés.

Henry a sélectionné la photo d'un homme qui gravit une colline en portant sa petite fille. La légende dit qu'ils ont passé plusieurs jours sur un canot pneumatique pour rejoindre la Grèce. «Je pense que je serais incapable de faire ça», dit Henry. «Personne ne te demande de parcourir cinquante-quatre kilomètres avec ton enfant sur le dos», lui dis-je.

«Mais si je devais le faire», il dit.

• • •

Chaque fois que je me considère comme une personne à moitié respectable, je me souviens de cette histoire qu'une femme m'a racontée sur son ex-mari. Il rentrait toujours très tard. Il n'était jamais à l'heure. Je croyais déjà connaître cette histoire, mais je me trompais. En fait, ce type, toute personne qui lui demandait de l'aide, il tentait de l'aider. Il prenait le temps de voir ce dont elle avait besoin. Parfois c'était de l'argent, parfois de la nourriture ; un jour, il fallait une ceinture à un homme, et il lui avait donné la sienne. La raison pour laquelle il était toujours en retard, c'est que son bureau était situé près de Penn Station. Ils avaient divorcé parce qu'il était terriblement alcoolique, mais quand même.

• • •

« En fait, tu ne bosses pas vraiment », me dit Ben un jour où je rentre plus tôt. Il a raison. Je pourrais avoir été virée depuis des mois mais faire toujours semblant d'aller chaque jour au travail. On croise parfois des gens comme ça dans les bibliothèques.
« Tu peux faire son lit ? »
« J'ai réparé le tuyau. »
« J'ai préparé du maïs. »

• • •

Je déteste les mariages parce que je pleure et je bois trop, mais cette fois, j'ai de la chance. Catherine est enceinte alors ils se marient en vitesse à la mairie.

Peut-être que je pourrais arrêter de faire ce rêve, maintenant. Celui où mon frère arrive chez moi et me demande : Lizzie, est-ce que je peux mourir ici ?

Parce que, maintenant, j'ai une belle-sœur. « Oh, n'achète pas ça, me dit Catherine à l'épicerie. Ça contient du bleu brillant. » Je l'observe en faisant mine de lire l'emballage. « C'est un colorant connu pour franchir la barrière hématoencéphalique. Celle qui protège le cerveau des toxines. »

Je replace le paquet sur l'étagère pour voir si ça met fin à la conversation, mais elle a d'autres informations dont elle veut absolument me faire part. « On peut retrouver du bleu brillant dans le fluide à l'intérieur du cerveau, mais les scientifiques ne savent pas ce que ça entraîne », me dit-elle. Ils ont fait des recherches, ils ne comprennent pas. « D'accord, dis-je, mais on ne sait pas comment fonctionne l'aspirine, non ? Pourtant, il n'y a aucune "théorie de l'aspirine". »

• • •

Une femme d'une quarantaine d'années apprend de la bouche de son médecin qu'elle doit prendre soin de sa santé. Il lui suggère de courir deux kilomètres par jour. Et il lui dit de l'appeler dans quinze jours pour lui dire comment elle se sent. Quinze jours après, la femme s'exécute. «Alors, comment allez-vous?» lui demande le médecin. «Je vais bien, répond la femme, mais je suis à trente kilomètres de chez moi.»

• • •

Si je me tiens à l'écart de la foule, je peux rester cachée jusqu'à la sortie des classes. J'ai compris ça l'an dernier. Les Blancs ont tendance à se placer en première ligne comme un bataillon. La plupart d'entre nous ont des enfants dans le programme AIGLE. On les remarque à la sortie, parce que les AIGLES ne constituent qu'une faible proportion de l'ensemble des écoliers. Peut-être dix pour cent. Tous les autres ou presque sont originaires d'Asie du Sud-Est. Le petit Bangladesh, on appelle parfois notre quartier. Ou bien le petit Pakistan. Sauf ceux qui habitent ici.

• • •

Sylvia m'appelle pour me dire qu'elle perd courage. «Les gens, dit-elle. Il y a une maison dans les collines où les enfants ont une piñata pleine de bonbons dans leur chambre, juste au cas où.»

Ensuite, je parcours ses anciennes réponses. C'est vrai. Elle est en train de perdre courage. Au début, elle répondait comme ça à ce genre de questions.

• • •

Comment parvenez-vous à dormir la nuit en sachant tout ça ?

Question : Pourquoi les humains applaudissent-ils ?

Réponse : Il me semble que cela signe notre désavantage par rapport au monde animal. Nous sommes dépourvus de crocs ou griffes. Nous ne sommes ni les plus forts, ni les plus rapides. Et nous avons d'abord évolué dans un environnement nomade, où nous étions exposés chaque jour aux terribles forces de la nature. Puis, d'un commun accord, nous avons constitué des petits groupes de façon à mieux nous protéger. Nous avons allumé des feux et nous nous sommes raconté des histoires pour faire passer la soirée. Les applaudissements sont peut-être un moyen de croire que nos mains faibles produisent le tonnerre.

Vers la fin, c'était plutôt ça.

Question : Comment on en est arrivés là ?

Réponse : « Nous pouvons piller le globe, nous introduire dans les entrailles de la terre, descendre jusqu'à son cœur, voyager dans les contrées les plus lointaines de ce monde pour acquérir de la richesse, accroître nos connaissances, ou uniquement pour le plaisir des yeux et notre bon vouloir. »

(William Derham, 1711)

Parce que je le sais depuis très, très longtemps, répond-elle.

Mais je pense que ça l'affecte d'autres manières. Sylvia passe son temps à vouloir visiter des lieux, certains juste à côté, d'autres plus lointains. Sa crainte, c'est qu'ils disparaissaient plus vite que prévu. J'appelle ça les expéditions à faire, à faire, puis faites. Elle vient me chercher de bonne heure, on roule jusqu'à l'endroit désigné. On fait le tour, on regarde, j'essaie de ressentir la même chose qu'elle. Un jour, j'ai emmené Eli. On est restés immobiles devant des pâturages. Il a patiemment attendu qu'on retourne à la voiture.

Les enfants n'ont aucune vision, a dit Sylvia.

• • •

Il y a maintenant partout des petits panneaux dans la bibliothèque pour dire RESPIREZ ! RESPIREZ ! Comment tout le monde est-il devenu si attentif à ça ? J'ai l'impression que ça s'est produit en mon absence. Et pourquoi ma mère m'a-t-elle envoyé une boîte remplie de vieux papiers ? Elle a fait pareil avec Henry. Catherine les a parcourus et m'a fait part de celui-là. Ça date du lycée, quand mon frère avait inexplicablement tenté d'intégrer un club des Nations Unies.

Pendant toute la préparation du voyage, Henry a été l'un des éléments les plus décevants que j'ai eu à gérer dans ce genre de contexte. Dès qu'il se voyait attribuer une tâche, il faisait preuve d'ahurissement et de fumisterie. Il y avait aussi à redire quant à son manque de respect envers les autres qu'il laissait tout faire à sa place.

Cependant, vers la fin du voyage, il a pris conscience de son attitude et s'est mis à exécuter ses tâches avec sérieux et enthousiasme. Il a réussi à dépasser son autocentrisme et à participer aux obligations et aux plaisirs du voyage. S'il parvient à se rendre plus disponible aux besoins des autres, il sera le bienvenu dans n'importe quel groupe.

• • •

Je ne sais pas ce qui cloche chez moi. J'ai l'impression que je passe mon temps à prendre de mauvaises décisions. Le plus étrange, c'est que ça ne me saute pas dessus. Je les vois venir de loin.

Mon plus mauvais choix, ça a été de passer trop de temps en voyage ou à faire la psy de service sans me soucier de mes proches. Récemment, ça a été ma mère, avec qui je suis au téléphone chaque soir. *Lizzie,* elle dit quand elle appelle. *Lizzie, tu aurais une minute pour moi ?*

Il n'est question que du nouveau bébé. Elle est excitée à l'idée de venir pour la naissance de la petite, mais elle craint que sa présence ne soit pas sincèrement désirée, elle se demande si elle n'a pas été invitée uniquement par politesse. J'ignore si c'est vrai. Ma mère peut être très utile quand on a besoin d'elle. Un jour, elle a donné notre dinde de Thanksgiving parce qu'elle avait repéré une famille qui en avait plus besoin que nous dans le parking. « Mais non, dis-je à ma mère. Tout le monde t'attend. »

Le temps que je raccroche, tout le monde est furieux. Eli voulait que je joue à la bataille avec lui et il a jeté toutes les cartes sur son lit. Ben voulait me montrer ce nouveau jeu qu'il a créé à partir de *L'Odyssée.* Je suis trop fatiguée pour l'un comme pour l'autre. En guise de compromis, on mange une glace tous ensemble en regardant des vidéos de chèvres qui crient comme des femmes.

• • •

Il y a encore plus de courrier que d'habitude. J'espère vraiment que tous les gens qui écrivent à Sylvia sont fous, et pas déprimés.

Lorsque certains Juifs ont vu s'élever des murs autour du ghetto, ils ont cru qu'ils avaient encore le temps. Ne vous laissez pas induire en erreur par la sérénité des autres. Partez quand personne n'y pense encore. Pour 2060, le sud de l'Argentine a l'air d'un endroit idéal pour vos enfants – proche de la péninsule antarctique, là où on bâtira les colonies pour survivants.

• • •

Ce matin j'ai été obligée de faire des recherches sur ce qu'on appelle le *climate departure*, ce point de bascule où le changement climatique modifiera la vie quotidienne sur notre planète, et plus tard, au moment de me coucher, alors qu'il dormait presque déjà, il a fallu que j'en parle à Ben. Je ne crois qu'aux chiffres, il a marmonné. Montre-moi les chiffres, d'accord? Mais on n'a jamais envie de voir les chiffres; on n'a jamais envie de retourner sur ce site Internet où on a inscrit l'année de naissance d'Eli pour regarder les chiffres s'additionner. Jamais.

« Qu'est-ce que vous avez à raconter, les gars? »
« Lizzie est devenue une collapsologue convaincue. »

En 1934, Churchill a fait un discours à la Chambre des communes pour décrire les effets désastreux qu'un raid aérien aurait sur Londres. Il espérait que de telles représentations obligeraient même les plus optimistes à envisager une situation où les bombes se mettraient à pleuvoir. Ces informations lui venaient, disaient-ils, *de gens familiers des sciences*[4].

• • •

Des piques ont été installées sur la clôture de l'aire de jeu. Pas là, pas là, pas là non plus, tel est le message adressé aux pigeons. Des rats volants, pensent sans doute les urbanistes.

Catherine et moi discutons du quartier. Des commerces qui ouvrent et qui ferment. Les restaurants pakistanais sont-ils en train de l'emporter sur les indiens? Les orthodoxes acceptent-ils finalement de louer à des Tibétains? Il y a un nouveau lieu, un peu magasin de guitares, un peu bar. «Mais d'où viennent tous ces hipsters?» lance mon frère dans sa veste en jean doublée de mouton.

• • •

Il y a un gars tout excité à l'épicerie qui dit: «J'en ai des tonnes et des tonnes et des tonnes et des tonnes.» Mohan se tourne vers lui. «Frère, dis-moi, de quoi t'as besoin?»

La semaine dernière, on a croisé Amira avec sa mère. Elle s'appelle Na'ila. Je les ai invitées à prendre le thé, et elles sont venues le lendemain avec les deux sœurs aînées d'Amira. Elles se sont assises en rang d'oignons sur le canapé et ont poliment répondu à chacune des questions que je leur posais.

À quel point est-ce différent de là où vous habitiez avant?
Avant, on n'avait jamais vu de lait en bouteille.

Amira et Eli jouent calmement à leurs pieds. Il ne remporte pas de succès avec les Lego, alors il tente les glaces en plastique. Amira a l'air ravie. Au moment de partir, elle m'effleure le bras. À la prochaine fois, elle dit comme quelqu'un qui aurait appris l'anglais à la télévision.

• • •

La liste de naissance établie par Catherine ne cesse de s'allonger. Il y a là une quantité incroyable d'articles. Parmi eux, des *coussins pour les yeux (en lavande bio)*. Henry m'a annoncé hier soir qu'il devait lui dégoter ça au plus vite.

Je lui conseille d'aller voir au magasin hippie sur la Septième Avenue. Un jour, pour s'amuser, on y est allés ensemble. On a soupesé les cristaux de quartz, agité les petites clochettes, passé la main sur les vêtements de chanvre. La vendeuse est venue nous demander si on s'intéressait à la thérapie énergétique. Je n'y crois pas vraiment, lui a dit mon frère. Elle a eu l'air surprise. Pourquoi ça ? elle a dit. Vous croyez bien au vent, non ?

J'ignore pourquoi, mais toutes les femmes qui tombent amoureuses de Henry sont un étrange mélange de rigidité et d'esprit hippie. La précédente lui envoie toujours les factures du vétérinaire pour leur chat. *Que la grâce t'accompagne, Que la grâce t'accompagne, Que la grâce t'accompagne,* signe-t-elle.

Dans le salon, je mets la climatisation à fond. Ben trouve que c'est du gâchis. Et si on surchargeait le réseau ? Mais j'ai trop chaud, alors tant pis. Je m'agenouille pour mettre la tête juste devant. Autrefois, la tristesse était considérée comme un péché capital, mais elle a été remplacée par la paresse. (Je gagne à tous les coups, dans ce cas.)

• • •

Henry et moi on a rendez-vous dans un café de sa rue. Il a du mal à s'échapper, même si c'est juste à côté. «Je suis en liberté surveillée», il murmure. Je n'en reviens pas. J'aimerais pouvoir lui donner quelque chose pour calmer ses nerfs mais bien sûr, c'est impossible. Je me supplie (comme souvent) de ne jamais devenir dépendante aux médicaments ou à l'alcool au point de ne plus pouvoir en consommer.

Alors pas de Rivotril. Une promenade dans le parc ? Mais on annonce de la pluie. Et beaucoup de vent, aussi.

Oh non, ils sont déjà là. La chienne aboie à la fenêtre, puis en direction de la poubelle de recyclage qui a mystérieusement été déplacée. La télévision hurle dans le salon. Il veut construire un mur. Avec une magnifique porte, il dit.

Question : Quel est le meilleur moyen de préparer mes enfants au chaos à venir ?

Réponse : Vous pouvez leur apprendre à coudre, à jardiner, à bâtir. Même si les techniques de maîtrise de la peur sont peut-être plus utiles.

Mon frère arrive au café chargé de quatre sacs. L'un d'eux contient tout le nécessaire pour l'allaitement, de l'eau en bouteille, des barres énergétiques, un humidificateur, un pull gris et les fameux coussins pour les yeux en lavande. « Mon Dieu, il dit. Je suis parti depuis des heures. Le corps médical va-t-il accepter qu'on apporte tout ça ? »

Je ne sais pas quoi dire parce que non, il n'acceptera pas, mais je veux que Henry voie combien je suis impressionnée par son zèle. Ça me paraît un bon signe que mon frère parvienne à faire ce genre de choses. Je réussis à plus ou moins le lui dire.

On commande des cafés, des gâteaux et encore des gâteaux. Henry dévore le sien et le mien. Je lui demande ce que Catherine lui fait à manger. Il balaie la question. Elle prévoit de prendre un mois de congé maternité avant de retourner au travail. Sa mère viendra une semaine, puis la nôtre, et ensuite Henry sera seul. Il a du glaçage sur le menton. Je le lui signale en lui tendant une serviette en papier.

La serveuse vient débarrasser. Elle pose l'addition devant lui, et il a beau avoir plus d'argent maintenant, il me la tend. Je donne à la serveuse la carte bancaire où il reste peut-être encore du crédit. Elle revient avec le ticket et je le signe. Henry laisse le pourboire.

J'appelle le service de voiture pour rentrer. Le ciel est radieux. «Avant, j'étais livreur de journaux», me dit Mr. Jimmy.

• • •

Mon mari lit les Stoïciens avant le petit-déjeuner. Ça n'est pas bon signe, n'est-ce pas? Hier soir, je lui ai fait promettre de ne pas essayer ce truc sur nous. Celui où on regarde l'être aimé endormi en se répétant: *tu vas mourir demain.*

Il dit d'accord. Pourquoi il le ferait? On n'a pas déjà décidé qu'il partirait en premier? Il est d'humeur joyeuse. Peut-être parce qu'il voit cette scène de très haut.

• • •

Il y a de moins en moins d'oiseaux. Je suis dans cette impasse depuis une heure. J'arrête de cliquer quand ma mère m'appelle. Elle veut me dire que là où elle vit, les choses sont en train d'empirer. Quelqu'un a déposé des bonbons dans toutes les boîtes aux lettres des Blancs. Avec un petit mot qui demande *Y a-t-il des problèmes dans votre quartier?*

• • •

Henry a commencé à envoyer des messages cryptés. *Gros temps ici*, écrit-il, et je mets un moment à comprendre. Pauvre Catherine. Le bébé est sur le point de naître et elle en a plus qu'assez d'être alitée.

Quand j'apporte des courses, Henry file avant que j'aie même enlevé mes chaussures. *Tu fais que fumer, hein?* Je lui textote depuis la salle de bains. *Pas de cachets ni de poudre*, il répond.

L'appartement est plus en désordre que jamais. Je réchauffe un peu de soupe pour Catherine. Elle a les cheveux gras et elle n'a pas retiré son mascara avant de dormir. Je ressens un élan de tendresse pour elle. «C'est pour bientôt, non?» «Oui», elle répond. Elle tient le bol sur ses genoux sans le boire. Elle regarde sur YouTube un homme habillé comme un médecin.

Je me souviens de ce moment, de la fin. Le médecin avait dit de vérifier que le bébé donnait des coups de pied au moins toutes les quatre heures. Sinon, il fallait se rendre à la maternité. Un matin, les coups de pied ont cessé. C'était le deuxième jour d'une tempête de neige. *Ne prenez pas la route*, disait la radio. Le chauffeur de taxi fonçait dans les rues verglacées. Il nous a parlé de sa femme et de ses quatre enfants rentrés au Ghana. *Faites-moi confiance*, il a dit. *On y est presque.*

• • •

Aujourd'hui, j'ai repéré Nicola devant la droguerie, mais avant que j'aie le temps de réagir, elle y est entrée. Plus tard, j'ai compris. Ce n'est pas du tout par hasard que j'avais réussi à l'éviter toutes ces années.

Tiens donc, la mère d'Eli! La mère parfaite qui veut qu'on sache qu'elle a choisi une école publique et qui répare le phare de sa voiture avec du chatterton!

Alors elle aussi elle m'évite, maintenant.

• • •

Le plus souvent, les gens qui assistent au cours de méditation veulent uniquement savoir s'ils devraient devenir végétariens ou, s'ils le sont déjà, comment y convertir les autres. Ce sujet n'intéresse pas Margot. Une tomate, c'est aussi vivant qu'une vache, non ?

Je crois qu'elle est plus jeune que moi mais elle a les cheveux entièrement gris. Un jour, je l'ai complimentée à ce sujet. Ils sont devenus gris l'année de mon veuvage, a-t-elle dit.

• • •

La date d'accouchement approche, Henry m'envoie des messages à toute heure de la journée. Je lui réponds de façon à le distraire, je lui transmets un article sur les super-riches qui acquièrent des bunkers en Nouvelle-Zélande. C'est devenu un sujet d'intérêt après un reportage où on apprenait que les huit hommes les plus riches du monde possèdent autant que la moitié de l'humanité.

Ceux qui sont pour la Nouvelle-Zélande disent que c'est un bel endroit, politiquement stable, au climat tempéré. Ceux qui sont contre expliquent que le gouvernement a mis des restrictions sur les prénoms qu'on peut donner à son enfant. Sexe, Fruit et Gros

Lard sont interdits. Violence et Abribus 16 sont permis.

Je vais appeler le bébé Gros Sexe Bus, il me dit.

• • •

Le dernier dîner. Un plat sans intérêt gustatif mais plein de vitamines pour les parents en devenir. Je demande à Catherine si elle a peur. « Un peu, des fois. » Le bébé doit naître dans deux jours, c'est une fille, mais ils gardent le prénom secret. On passe un petit moment à essayer de le deviner.
Anna ?
Emma ?
Ella ?
Lily ?
Vous chauffez, dit-elle.

• • •

C'est le concert de la rentrée des classes. Pour accéder à l'auditorium, il faut montrer une pièce d'identité ainsi que le billet que l'enseignant nous a fait parvenir la semaine précédente. Au coin du billet il y a un chiffre qui indique le nombre de personnes dans la famille. Il est précisé qu'il ne faut pas amener de personne supplémentaire parce que LA SÉCURITÉ D'ABORD !

Eli est debout au premier rang, à côté d'Amira. Il a mis son pantalon porte-bonheur et sa chemise porte-bonheur, mais il a quand même l'air nerveux. La dernière chanson, c'est sa préférée, m'a-t-il dit. Je le vois rassembler son courage à mesure que les morceaux défilent. Puis, d'un coup, les enfants ferment les yeux et commencent à se balancer. Tout le monde dans le public se penche pour voir. Ils chantent que leur vie est semblable à une goutte d'eau dans une mer infinie. Quoi qu'ils fassent, ça sera vain. Ça se cassera la figure sous leurs yeux. Et tout l'argent du monde ne pourra leur offrir un instant de plus.

Rien ne dure, telle est la conclusion. À l'exception de la terre et du ciel.

• • •

La petite est là ! Elle est née à 3 h 04 la nuit dernière. Elle s'appelle Iris et tout le monde aime bien ce prénom.

Dieu merci, ils ont obtenu une chambre particulière, mais Catherine est encore furieuse. Rien ne s'est passé comme prévu. Il n'y avait ni musique apaisante ni ballon d'accouchement ni chaussettes confortables ni compresses chaudes. Elle a eu droit à un lavement, une péridurale et de l'ocytocine. Le bébé est né si vite que sa gynéco n'a pas eu le temps d'arriver. Elle a surgi une heure après en tenue de soirée pour sortir le placenta.

J'apprends tout ça de la bouche de Henry, qui me murmure : « Il y avait tellement de sang ! Ils ont dû essuyer le sol avec des serviettes ! Tu n'en serais pas revenue, Lizzie », il dit.

Mais si. Moi aussi j'ai accouché dans cet hôpital de merde. Avec le *ding ding ding* dans les couloirs des machines qui font leur boulot de machine. Même le grésillement de ces affreuses lampes est enfoui quelque part en moi. Dès que je franchis le seuil, ça me revient.

• • •

Pour sa dernière soirée en ville, ma mère vient dîner chez nous. Elle a aidé Henry et Catherine à s'occuper du bébé. Elle est ahurie de tout le travail que ça demande. Elle dit qu'elle ne se souvient pas de la dernière fois où Henry lui a accordé autant d'attention. Elle parle de bonté divine. Elle nous prépare des spaghettis carbonara.

Par la suite, elle fait une interminable partie de bataille avec Eli et s'inquiète de voir à quel point Ben suit de près les nouvelles politiques. « Tu devrais te tranquilliser, lui dit-elle. Ça ne fait que vingt minutes qu'on y est. »

Le lendemain matin, je l'emmène à l'aéroport. Elle est triste de partir. « Tu ne crois pas que je pourrais être plus utile si j'habitais ici ? » Je ne sais pas quoi répondre. Oui, bien sûr, mais elle n'a qu'une petite retraite, et aucune économie. Où pourrait-elle vivre ? Elle me fait un sourire timide. « Je ne prends pas beaucoup de place. » Je lui attrape la main, puis je mets la radio. Je cherche une station de musique facile. Puis je me rends compte que c'est une radio religieuse. Qui pose cette question.

La question critique de notre génération, de chaque génération, est celle-ci : si vous pouviez vivre au paradis sans maladie, avec les mêmes amis que sur terre, toute la nourriture que vous aimez, vos loisirs, toutes les beautés du monde que vous avez jamais admirées et les plaisirs physiques auxquels vous avez goûté, ni conflit humain ni catastrophe naturelle, vous satisferiez-vous du paradis en l'absence du Christ[5] ?

Oups.

Je l'embrasse et lui fais promettre de m'appeler à son arrivée. Elle a insisté pour que je ne paie pas le parking courte durée et que je la dépose sur le trottoir, mais en la voyant lutter contre la porte tambour dans le rétroviseur, je me rends compte de mon erreur. Dix minutes après l'avoir laissée, Henry m'envoie un message. *On est débarrassés des mères! On est débarrassés des mères! Quand est-ce que tu viens?*

• • •

Je passe la matinée à chercher mon ancien tire-lait pour Catherine. Je le retrouve au fond d'un placard. C'est étrange de revoir ça. Je me souviens que le week-end où j'ai sevré Eli, j'étais partie chez une vieille amie, l'une des rares à être mariée sans enfants. Son mari et elle habitent une maison victorienne ancienne où tout est magnifique et choisi avec soin. Elle avait préparé un excellent dîner: carré d'agneau sauce à la menthe et soufflé au chocolat. J'avais tenté de me comporter comme un être humain, et non quelqu'un qui a fui son gosse.

Mais en pleine nuit, mon lait a débordé. Ma chemise était tellement trempée que j'ai dû l'essorer avec une serviette. Assise sur les toilettes, je me suis inquiétée de ce que j'allais dire, de l'endroit où j'allais la mettre, est-ce qu'elle allait se mettre à dégager une odeur aigre?

J'ai passé presque toute la nuit debout. J'avais mal partout. J'avais mal jusqu'au cerveau. J'ai réfléchi à cacher la serviette sous le lit ou à l'emporter chez moi pour m'en débarrasser. Je ne savais pas ce qui était le mieux, mais le lendemain matin, quand j'ai vu mon amie, j'ai dit, cette splendide serviette que tu m'as prêtée, je l'ai abîmée, désolée, je peux te la rembourser, puis en rentrant seule chez moi au volant de ma voiture avec la radio allumée, tout était si vert, c'était incroyable à quel point tout était vert, et au bord de la route il y avait un stand de fleurs et de légumes sans personne, uniquement une boîte pour laisser de l'argent, et encore, même pas verrouillée.

J'aurais dû la prendre.

• • •

Je reçois plein de messages enthousiastes d'une amie récemment divorcée qui vient de rencontrer quelqu'un. «Je ne peux qu'imaginer ce que c'est d'avoir cet âge et de tomber amoureuse», je dis à Ben. «Tu es amoureuse», me corrige-t-il.

Dans le noir, il passe la main sur ma jambe et s'interrompt. «Tu as mis mon caleçon long?» «J'avais froid», je lui réponds. On invente un proverbe (*le sexe marié, ça consiste à retirer soi-même son pantalon*), on passe un bon moment, on s'endort heureux.

• • •

Test hippie dans un livre que Sylvia m'a donné. J'espère qu'il y a un moyen de se racheter, parce que je l'ai foiré.

Où êtes-vous ?

Décrivez le chemin de l'eau que vous buvez, de la pluie jusqu'au robinet. Combien de jours reste-t-il avant la pleine lune ? Dans votre région, dans quel sens soufflent habituellement les tempêtes hivernales ? Donnez le nom de cinq plantes de votre région. Donnez cinq noms d'oiseaux qui y vivent à l'année et de cinq oiseaux migrateurs... Les étoiles étaient-elles visibles dans le ciel la nuit dernière ?

De là où vous êtes, désignez le nord[6].

• • •

Allez savoir pourquoi, moi, je suis face au miroir et j'appuie sur mes gencives pour voir si elles vont de nouveau saigner. Non. Ça va. Je devrais retourner à mon poste, mais au lieu de ça, je fais des grimaces jusqu'à ce que quelqu'un entre. C'est la blonde aux ongles rongés. Je me souviens qu'elle prenait beaucoup de meth. Elle m'avait raconté que la première fois, elle était dans une salle de bains. Le bourdonnement de la fête ne cessait d'augmenter et elle avait l'impression qu'à son retour elle la trouverait envahie de sauterelles.

• • •

J'ai de nouveau eu cette pensée. Celle avec les chiffres. Qui dévie la lumière.

Eli est assis à la table de la cuisine, il essaie ses feutres un à un pour voir ceux qui sont encore utilisables. Ben lui apporte un bol d'eau pour les humidifier. Selon la courbe actuelle, la ville de New York commencera à subir des températures de nature à modifier la vie quotidienne aux alentours de 2047.

• • •

Mon ami des soins palliatifs m'explique qu'on ne dit pas aux mourants qu'ils ne seront plus là pour la prochaine virée à la plage, les pommes sur les arbres, etc. Pas plus qu'on ne fait tomber la béquille d'une personne qui a la jambe cassée.

Bientôt plus de pommes ; les pommes ont besoin de gel.

Je décide de ranger le rayon près de la grande fenêtre. Dehors, il fait très beau. Sur la pelouse, un groupe d'étudiants bras dessus bras dessous scande quelque chose. Je suis la trace de papiers de bonbons sur l'appui de fenêtre. La cime d'un arbre est en feu. À moins que l'automne soit de retour.

• • •

« Tu as regardé le fleuve, Lizzie ? » me demande Sylvia quand elle vient me chercher au train. Je mens en disant que oui. Ça lui fait de la peine que, de nos jours, tout le monde vaque à ses occupations tête baissée.

Les feuilles sont presque toutes tombées. On longe des pommeraies. « Les gens ne les veulent plus que parfaites, dit-elle, surtout quand ils les cueillent eux-mêmes, alors toutes celles qui sont abîmées, fendues ou véreuses finissent par terre pour les biches. » Il y a dans le coin des milliers et des milliers de biches. Ça sera bientôt la saison de la chasse. « Au moins, la plupart des gens qui chassent ici le font pour se nourrir, pas pour le sport », dit-elle. Je regarde les animaux se disperser quand on s'engage sur son chemin de terre. « Pourquoi on ne fait pas des élevages de biches ? je m'interroge. Parce que c'est trop mignon ?» Elle secoue la tête. « Parce qu'elles paniquent dans un enclos. »

Sur le chemin du retour, le train s'arrête longtemps en rase campagne. J'observe les arbres qui bordent la rivière. Il leur reste quelques feuilles. Il y a des gens sur la berge. « Le monde n'a-t-il pas toujours couru à sa perte ? » je lui avais demandé. « Des parties du monde, oui, mais pas le monde entier », avait-elle répondu.

Il pleut à verse quand je sors de la station de métro. J'ai plein d'airs de musique en tête. « Bouh ! » dit un type blanc à l'air sympa qui me croise dans la rue. « Bouh ! »

Suis-je en train de pleurer ?

Je passe devant l'épicerie. « On a reçu de l'ail », m'annonce Mohan. Je le paie en petite monnaie, mais il n'en fait pas cas. « La monnaie aussi, c'est de l'argent », il dit.

Il y a maintenant un petit drapeau américain près de la caisse à côté d'une carte postale de Ganesh. Mais Mohan n'est pas inquiet. « Même si ce type l'emporte, il ne tiendra pas longtemps, me dit-il. Il a de l'argent, des avions, de beaux objets. C'est un oiseau. À quoi bon un oiseau en cage ? »

TROIS

Après être allé voter, Ben fabrique plein de petits objets en bois. Pour ranger les ustensiles, empêcher la poubelle de branler. Il y passe des heures. « Ça y est, tout est réparé », il dit.

Une tortue est attaquée par une bande d'escargots. La police enquête, mais la tortue ne leur est d'aucune aide. « Ça s'est produit si vite », dit-elle.

Sur les ondes, les gens posent encore et encore la même question. Aux « Ça-dépend-de-vous », aux « Ça-revient-au-même », aux « Ça-va-péter ».

Alors, heureux ?

Les chances se… réduisent. C'est ce que Ben m'a dit. Il faisait les calculs dans sa tête.

Est-ce qu'il est encore possible que… ?
Ce n'est pas impossible.

On ne va pas se coucher, on regarde jusqu'au bout.

À l'école, un ami d'Eli se vante de vouloir tuer le président avec un sabre laser. Puis il se ravise, une étoile à lancer, c'est mieux. Mon fils rentre furieux à la maison. Son ami ne fait pas comme il faut, croit-il. « Et comment on fait comme il faut ? » je lui demande.

Creusez un piège, couvrez-le de feuilles.

Les conseils fusent, certains grandioses, d'autres pratiques. Les conseils pratiques se diffusent à toute vitesse et ils ne sont pas sans conséquences.

On encourage les femmes en âge de se reproduire à se faire poser un stérilet. Il dure entre six et douze ans, cela pourrait permettre de tenir au-delà de la fermeture des cliniques. Mais ça devient tout à coup très difficile d'obtenir un rendez-vous ; les agendas des médecins sont pleins pour les mois à venir, les salles d'attente des cliniques bondées de Blanches inquiètes.

Question : Les anges ont-ils besoin de sommeil ?

Réponse : C'est peu probable, mais nous ne pouvons en être certains.

Est-ce qu'on doit se procurer une arme ? demande Ben. Mais c'est l'Amérique. Quelqu'un qui tue moins de trois personnes ne passe même pas aux informations. Ce que je veux dire, c'est que c'est le dernier droit qui disparaîtra, non ? Il me regarde. Le nom de son grand-père était deux fois plus long. Il a été raccourci à Ellis Island.

Après le 11 septembre aussi, il y avait ce bourdonnement dans l'air. Tout le monde parlait de la même chose. Dans les magasins, les restaurants, le métro. Un ami m'avait rejointe pour un café dans un bar. Sa famille avait fui l'Iran une semaine avant la chute du Shah. Il n'avait pas envie de parler du bourdonnement. J'avais insisté. « Ton peuple a fini par basculer dans l'histoire, a-t-il dit. Nous autres y étions déjà. »

• • •

C'est mieux dans le wagon silencieux. Dans le wagon silencieux, tout le monde est calme. Ben presse sa jambe contre la mienne. On lit côte à côte tandis qu'Eli construit un manoir avec plein de pièces. Quelqu'un dans la rangée d'en face qui parlait espagnol avec un ami est prié de sortir par le contrôleur. « Tout de suite ? dit-il, pendant que le train roule ? »

À l'hôtel, il y a plein de chaînes de télévision d'hôtel, mais toutes sont décevantes.

• • •

On se rend au Smithonian. Ben et Eli veulent visiter la section spatiale. Moi j'ai envie de voir les hominidés. On fait le tour des monuments dans l'après-midi, on évoque de façon solennelle la démocratie. C'était l'idée de Ben de venir à Washington. C'est plus flippant d'être ici que je ne l'imaginais. Bientôt, bientôt, bientôt, ce mot revient en boucle dans ma tête. Ben a le projet de passer les mois à venir à visiter des sites historiques avec Eli. J'ai envie de créer une fondation, il me dit, mais dédiée à quoi, il ne sait pas vraiment.

On fait notre dernier arrêt au musée de l'espionnage. Ben proteste en disant que j'ai choisi le seul musée payant de la ville. Il annonce qu'il reste dans le hall. Je suis contente d'avoir évité de peu le musée de l'Holocauste.

Eli est très excité. On se voit proposer une couverture en tant qu'espions, qu'on doit assimiler très vite avant de répondre à une série de questions. Il y a un passage secret pour les enfants. Je visite les salles en boitant. Une arme dans un rouge à lèvres. Une arme dans un appareil photo.

Mais le meilleur, c'est une paire de lunettes d'apparence banale. Imbibées de cyanure. À utiliser en cas d'arrestation par l'ennemi de façon à ne trahir personne.

• • •

« Ça va faire trop, a dit Sylvia. Les gens qui ont ce genre de boulot vont déprimer, ils vont tomber malades et mourir. » Je me souviens de ce film dont elle a parlé quand je l'ai appelée le lendemain. *Faut trouver le joint ! Faut trouver le joint !*

Elle avait prédit tout ça bien avant que ça se produise. « Dans une période chaotique, les gens veulent un homme fort », avait-elle dit. Je ne l'avais pas crue. Presque personne ne l'avait crue.

Il y a une femme dans les toilettes et de la merde partout par terre. Je lui glisse du papier hygiénique sous la porte. Elle porte des bottes de luxe. On ne parle pas, et ensuite je prends soin de ne pas regarder les pieds des gens.

Au comptoir de la bibliothèque, Lorraine doit une fois de plus regarder les radios. Elle hoche patiemment la tête. Elle chantait dans un club, m'a raconté quelqu'un. Elle a de grands enfants et un mari qui se meurt à petit feu d'une maladie atroce. Je ne me mêle jamais des affaires des autres, elle m'a un jour dit. Le seul conseil qu'elle m'ait jamais donné, ça a été : *prends soin de tes dents.*

Mais dans la salle de repos, je la surprends à hurler sur notre collègue. « Tu es une enfant ! Tu t'es comportée comme une enfant ! » crie-t-elle à celle qui a décidé de ne pas voter.

La sœur de Ben lui explique qu'il y a maintenant un panneau sur la porte de l'épicerie bobo dans sa ville. PAR PITIÉ, PAS DE POLITIQUE.

L'historique des livres que j'emprunte va finir par me faire repérer par un algorithme gouvernemental. Des ouvrages sur la France de Vichy et la Résistance, plus de textes qu'un civil n'a besoin d'en lire sur l'espionnage et le fascisme. Heureusement, il y a aussi un roman de Jean Rhys et un manuel pour Eli intitulé *Comment dessiner des robots.* Ça brouillera les pistes.

Question : Comment puis-je savoir si ceux qui m'entourent feront de bons Allemands ?

Réponse : Un historien du nom de Timothy Snyder a étudié en détail la façon dont certaines sociétés ont succombé au fascisme. Dans son ouvrage *De la tyrannie*, il propose l'attitude suivante :

Regardez la personne droit dans les yeux et entamez la conversation. Ce n'est pas que de la politesse, c'est un moyen de rester en contact avec votre environnement, de faire tomber des barrières sociales inutiles, de voir à qui vous pouvez et ne pouvez faire confiance. Dans une culture de la dénonciation, il faut se faire une idée du paysage psychologique de son existence quotidienne.

Après une catastrophe, pendant un moment, les gens essaient de comprendre s'il s'agit vraiment d'une catastrophe. Les psychologues de la catastrophe utilisent le terme « mouliner » pour décrire les actes automatiques des gens qui prennent conscience d'une situation effrayante.

C'est exactement le terme pour ce qu'on fait, dit Sylvia.

• • •

« Occupe-t'en maintenant », insiste Ben. Il a peur que l'un de nous, voire les deux, perde son boulot. Mais je déteste aller chez le dentiste. Il ne peut avoir que des mauvaises nouvelles pour moi, non ? « Je t'en prie, Lizzie, dit Ben. Tu as cette couronne provisoire depuis des années. »

• • •

Une femme entre dans le cabinet d'un dentiste et annonce : « Je crois être un papillon de nuit. »
Le dentiste rétorque : « Ce n'est pas ici que vous devriez être, mais chez un psychiatre. »
La femme réplique : « Je vais déjà chez un psychiatre. »
Le dentiste demande : « Dans ce cas, que faites-vous ici ? »
Et elle répond : « J'ai vu de la lumière. »

• • •

Henry m'appelle lui aussi pour avoir des conseils, et il cherche à me faire venir par tous les moyens. À mon arrivée, il me tend le bébé, s'allonge sur le canapé et se met à contempler le plafond. Dans la journée, il laisse tout partir à vau-l'eau puis il se dépêche de ranger avant sept heures et le retour de Catherine. Je ne voulais pas trop y croire, mais il ne va pas mieux, il va plus mal. Heureusement qu'Iris est un bébé facile. On dirait que c'est Henry qui va se mettre à pleurer.

Ben n'est pas en meilleure forme. Il coupe le son pour ne pas entendre la voix de ce type, mais parfois, moi, j'écoute. Il parle de l'espace. De la Lune, peut-être. Il dit qu'on doit y retourner. Je me réveille en pleine nuit. La chienne aboyait, mais peut-être que c'était uniquement dans mon rêve. Aujourd'hui, la NASA a découvert sept nouvelles planètes de la taille de la Terre. Eh bien voilà.

• • •

Le ciel est terne, d'un gris doux et duveteux strié de quelques nuages. Oui, monsieur. Je serais ravie d'entendre la BONNE NOUVELLE. Je vais lire ce prospectus sur-le-champ!

• • •

Ben se renseigne sur Israël. Je me renseigne sur l'idée du nord géographique.
« Le problème, c'est la matrilinéarité, dit-il. Ce que je veux dire, c'est que vous devriez tous les deux vous convertir.
— Je refuse d'aller vivre en Israël. C'est encore pire là-bas.

— Je sais. Tu as raison», il dit.
Je pense à ces gens qui crient: Le sang et le sol! Le sang et le sol!
«Mais gardons ça en réserve», je lui dis.

Maintenant, quand je croise mes voisins, j'ai dans la tête une voix semblable à celle de Jésus. «L'un de vous va me trahir. Lequel? Toi, Mrs. Kovinski?»

• • •

Prends soin de tes dents, prends soin de tes dents, prends soin de tes dents, me dit mon esprit singe. Le cours de méditation est de moins en moins fréquenté. Ce matin, Margot a parlé de la différence entre tomber et flotter. Avec un peu de pratique, dit-elle, on peut accepter l'idée de ne jamais atteindre le fond sans éprouver de peur existentielle. C'est comme un parachutiste ou un astronaute expérimentés qui jouiraient de la vue en se déplaçant dans le ciel.

Elle nous a proposé une formule: souffrance + douleur = résistance.

• • •

Aujourd'hui, Mr. Jimmy entame la conversation dès que je monte. Je suis tellement fatiguée que je l'écoute à peine, je me contente d'acquiescer de temps en temps. Il revient sur le contrôle nécessaire des employés. « Moi, je contrôle tous mes chauffeurs. Ce que je veux dire, c'est quand j'avais des chauffeurs, je le faisais. Il faut être prudent. » J'acquiesce, bien sûr, bien sûr. « Sinon, il suffit à un Mohammed de prendre une voiture, de la bourrer d'explosifs et de... »

Il se gare devant mon immeuble. Je cherche dans mon porte-monnaie alors qu'il me sourit en me disant de ne pas me presser. Il y a une odeur d'arbre artificiel dans sa voiture. « Désolée, je n'ai pas beaucoup d'argent, aujourd'hui », je lui dis. « Pas de problème », il dit, et il agite la main d'un air magnanime.

Et juste comme ça, je suis libre.

• • •

Avant, c'était simple de mettre une petite annonce à la bibliothèque, mais il y a maintenant un panneau sous verre. Les gens doivent demander la clef à la réception. Ma cheffe a pris cette décision depuis que quelqu'un s'est mis à afficher des discours haineux.

Une hypothèse serait que ça a libéré la haine. Une autre que le niveau de haine n'a pas changé. Lorraine souscrit à cette dernière hypothèse. La seule différence, c'est que davantage de gens la remarquent, dit-elle.

Quelqu'un vient rapporter un livre intitulé *Les Paroles des Pères du désert.* Je le feuillette pendant mon déjeuner.

Le moment arrivera où les hommes deviendront fous, et quand ils verront quelqu'un qui ne l'est pas, ils l'agresseront en lui disant: «Tu es fou car tu ne nous ressembles pas.»

• • •

Henry n'arrête pas de stériliser encore et encore les biberons. J'ai envie de lui expliquer qu'il en fait trop, mais j'ai l'impression qu'il suit des directives très précises. Je joue un peu avec Iris puis je la dépose au milieu de leur immense lit pour aller voir ce qui le retient à la cuisine. Il est en train de stériliser les piques en métal qui tiennent les biberons en plastique dans l'eau bouillante. Il fait frais dans l'appartement, pourtant il sue à grosses gouttes.

«Et si tu t'accordais une sieste? je lui propose. Je vais la surveiller.» Il se tourne vers moi. «Où elle est?» Je lui explique que je l'ai mise au milieu du lit. Il lâche les piques pour aller aussitôt voir. Elle dort à poings fermés. «Elle aurait pu tomber», il dit. «Henry, elle ne se retourne même pas encore». Il a les mains tremblantes. «Elle aurait pu se faire mal», il insiste.

Je l'oblige à s'allonger sur le canapé, je lui donne une couverture. Au bout de trente secondes de protestation, il dort. Le manque de sommeil, ça ne lui réussit pas. On ne doit pas oublier que la privation de sommeil est un instrument de torture. Pourtant, tous les gens que je connais essaient de dormir moins. L'insomnie est un insigne honorifique. La preuve qu'on reste attentif à ce qui se passe.

• • •

Hier, il y a eu une alerte à la bombe à l'école d'Eli. On raconte qu'une femme s'est fait arracher son hijab sur Coney Island Avenue. Toutes les mères AIGLES sont rassemblées avant la sonnerie pour discuter de la situation. «Déjà, il faut arrêter d'appeler ce quartier le petit Pakistan», déclare l'une d'entre elles.

Au travail, je lis quelques articles sur la psychologie du désastre avec l'espoir de mieux aider ceux qui traînent ici en ce moment.

La majeure partie de la population était dans une forme de stupeur, déprimée, elle formait des petits groupes instables, avec une tendance à croire aux rumeurs de ruine.

Allez savoir. C'est plus ou moins comme ça tous les jours ici.

• • •

Le cours de Margot est trop fréquenté ces derniers temps, alors je n'y vais plus. « Tu es sûre que c'est la meilleure chose que tu puisses chanter ? » me demande Ben. Il a dû m'entendre sous la douche.

Il y a une infinité de créatures sensibles. Je fais le vœu de les sauver.

Je fouille dans mon tiroir à la recherche d'une culotte qui m'aille. Ces nouveaux sèche-linge chauffent trop. Presque tous nos vêtements ont rétréci sans que je m'en rende compte. Ben porte des chemises aux manches trop courtes et trop tendues au niveau des boutons. Il a hérité d'une culpabilité ancestrale. « Peut-être que c'est moi, il a dit. Peut-être que j'ai grossi. »

• • •

À mon arrivée, Henry est déjà dans l'entrée avec son manteau et ses clefs à la main. Je le serre contre moi. « Le bébé dort, il dit. Je sors faire quelques courses. » Je vais voir Iris. En effet, elle dort. J'allume leur ordinateur. Je tombe sur des vidéos YouTube qui expliquent comment sécuriser sa maison pour un bébé. Eh, les gars, elle n'est même pas encore à quatre pattes!

Je n'arrive pas à croire que je suis là avant même d'aller au travail. Tout le monde me dit que je dois mettre la pédale douce. On est dans la cuisine. Ce petit diable malin de Catherine est parti à six heures du matin pour préparer une réunion.

« Tu ne trouves pas ça bizarre qu'on ait tous les deux réussi à fonder une famille ? » demande Henry.

Je sors Iris dans sa poussette. La matinée est grise et brumeuse. Je descends la capote en plastique. Bouddha a un jour expliqué comment son père le protégeait des éléments.

De jour comme de nuit il y avait une ombrelle blanche au-dessus de ma tête pour que ni le froid ni la chaleur ni la poussière ni le sable ni la rosée ne m'importunent.

(Non mais je rêve, importuné par la rosée!)

• • •

À mon retour, il y a une carte postale de Sylvia. Qui représente un arbre grêle entouré de barbelés. Avec comme légende : « L'arbre miraculé ». Elle est partie à une conférence sur Fukushima. Je lui ai dit que je ne pouvais pas l'accompagner, que je devais garder le bébé.

Je te déconseille de choisir le Japon comme prochaine destination, à moins que tu apprécies qu'on te dicte ton comportement, que tu aimes les monstrueux gratte-ciel industriels et le fait de payer dix dollars une pâtisserie étrange et un café en canette. Si tout ça te séduit, alors précipite-toi, l'amie. Là-bas, on ne peut pas rire en public sans s'attirer des regards noirs, et Tokyo est un enfer sur terre.

Une fois rentrée, elle me retrouve en ville pour dîner. Je lui dis que je songe à acheter un lopin de terre dans une contrée froide. Que si le *climate departure* advient à New York à la date prévue, Eli et Iris pourraient…

« Tu crois vraiment que tu vas les protéger ? En 2047 ? » demande Sylvia. Je la regarde. Parce que jusque-là, j'y croyais. Elle commande un autre verre. « Dans ce cas, tu as intérêt à devenir riche, très riche », lâche-t-elle d'une voix crispée.

• • •

Henry veut m'avouer quelque chose. On fait un grand tour dans le quartier avant qu'il y parvienne. Il dit qu'il a de mauvaises pensées au sujet du bébé, qu'il n'arrête pas d'imaginer des choses terribles. C'est normal, je le rassure. Je lui dis qu'avant, j'avais tout le temps peur qu'Eli s'étouffe avec du raisin. «Non, non, pas ce genre de choses, Lizzie, dit-il. Ce n'est pas elle qui fait des choses. C'est moi.»

Par la suite, je n'arrête pas de penser à ces histoires qu'on lit dans les journaux, ces découvertes faites par les services de protection des animaux. Une personne occupe un studio, va chaque jour au travail, ses voisins n'ont rien remarqué, mais quand on abat sa porte, on trouve un alligator ou un boa constrictor. Une bestiole capable de tuer.

QUATRE

C'est l'après-midi, mais le ciel est déjà noir de pluie. On attend l'express sur le quai. Le vieil homme près de nous se met à tousser violemment. Henry se fige. Chacun voit midi à sa porte.

• • •

Est-ce la quantité ou la fréquence de ces idées qui est dérangeante?
Ces idées entraînent-elles une détresse intense?
Interfèrent-elles de façon significative avec votre quotidien?

• • •

«Tu ne peux en parler à personne, il dit. Lizzie, tu dois le promettre.» J'ai l'impression qu'il essaie de me ligoter. «Tu sais que je suis mauvaise pour tenir ma langue.» Il secoue la tête. «Pas quand c'est important.»

Il ne lui donne plus son bain. Maintenant, il la lave au pistolet à eau.

«Lizzie, qu'est-ce qui se passe? Lizzie, qu'est-ce qui se passe?» Il répète une dizaine de fois.
Alors en effet, j'en parle à Ben.

• • •

Il y a dans le judaïsme l'idée que bonheur et chagrin doivent être mêlés. À Pessah, il faut renverser quelques gouttes de vin avant de le boire pour atténuer le plaisir. Chaque goutte qui n'est pas bue symbolise la tragédie de ceux qui ont vécu avant.

C'est la même idée lors d'une cérémonie de mariage. Le couple brise un verre en marchant dessus. Pour se souvenir des chagrins passés malgré la joie du présent.

Parfois j'ai l'impression que ma famille n'a fait que déposer un tas de verre sur le seuil de Ben. Il est très calme depuis que je lui ai raconté tout ça. Et encore, pas tout. Il y a une chose que j'ai laissée de côté. Je pense que Henry a cessé de se rendre aux réunions. Il m'a dit qu'il y allait, mais j'ai attendu dehors l'autre jour, et je ne l'ai pas vu.

«Ça ne peut pas continuer comme ça», dit Ben. «Laisse-moi un peu de temps pour le stabiliser», je lui dis. Il hoche la tête en regardant ailleurs.

Il fallait conserver les bris de verre du mariage. Si c'est le mari qui meurt en premier, la femme prépare son corps pour les funérailles en lestant ses paupières avec. Si c'est la femme qui meurt en premier, c'est au mari de le faire. J'aurais aimé le savoir plus tôt. J'aurais aimé conserver ces bris de verre.

• • •

Sylvia a quitté la fondation la semaine dernière ; il n'y a plus d'espoir, il n'y a plus que des témoins, telle est sa conviction. Elle me dit qu'elle a l'impression d'être au volant d'une voiture et qu'elle veut accélérer. Certaines personnes avec qui elle travaillait tentent de monter avec elle. Certains se jettent sur le capot pour l'empêcher de partir.

Elle s'est mise à m'envoyer des blagues.

Les dirigeants de Russie, de Syrie et des États-Unis se disputent pour savoir qui est le meilleur dans la capture des criminels. Le secrétaire général des Nations Unies les soumet à un test. Il lâche un lapin dans une forêt et leur demande de l'attraper.

Les Américains tentent leur chance. Ils positionnent des informateurs animaux partout. Ils interrogent tous les témoins, aussi bien végétaux que minéraux. Au bout de trois mois de recherches intensives, ils en concluent que le lapin n'existe pas.

Les Syriens tentent leur chance. Au bout de deux semaines vaines, ils mettent le feu à la forêt et tuent tout ce qu'elle abrite, y compris le lapin. Le lapin était un dangereux rebelle, annoncent-ils.

Les Russes tentent leur chance. Ils ressortent deux heures plus tard avec un ours en sang. Qui crie: «D'accord, d'accord! Je suis un lapin! Je suis un lapin!»

• • •

Eli demande s'il peut regarder quelque chose sur les robots. Je lui tends mon ordinateur et je vais à la cuisine préparer des macaronis au fromage. Quand je reviens, il est devant une émission matinale anglaise. Où il est question d'un robot qui s'appelle Samantha. Elle a une apparence humaine et deux modes, explique son inventeur. En mode sexuel, elle gémit si on lui touche les seins. En mode familial, elle est capable de raconter des blagues et de discuter philosophie.

• • •

Ce soir, il faut quatre histoires pour parvenir à l'endormir. Celle qui l'emporte, c'est celle du chien qui

se rend à une fête à la cime d'un arbre. En chemin, il rencontre d'autres chiens qui vont au même endroit. Ils s'arrêtent pour discuter.
Tu aimes mon chapeau ?
Non.
Au revoir !
Au revoir !

Selon moi, c'est comme ça qu'on devrait se parler entre voisins.

Au lieu de ça, Mrs. Kovinski vient frapper à sept heures du matin. « Votre journal poison est arrivé », dit-elle. Elle a ramassé le *Sunday Times* pour me l'apporter.

• • •

Ben passe la journée sur le canapé à lire une immense histoire de la guerre. Il a trouvé l'ouvrage chez un libraire d'occasion, alors ça ne va que jusqu'à la Première Guerre mondiale.

À l'été 1914, il y avait de l'électricité dans l'air. Ce serait bientôt le plongeon vers la folie de la première guerre mécanisée. L'homme d'État anglais Sir Edward Grey est connu pour avoir prédit ce qui allait se produire. « Toutes les lumières d'Europe vont s'éteindre. Et nous ne les verrons plus se rallumer de notre vivant. »

Au moment du coucher, je commence à lire *Le Prince Caspian* avec Eli. Au début de l'histoire, les enfants disparaissent d'une gare pour se retrouver sur une île inhabitée. Ils marchent jusqu'à un petit mur de pierre. Eli comprend avant moi qu'il s'agit des ruines du château de Narnia. Il se met à poser des questions. Sera-t-il encore vivant quand je mourrai ? Et si non, qu'est-ce qu'il fera ?

J'utilise l'esquive habituelle. Que c'est dans très, très longtemps. Qu'on va tous vivre longtemps, très longtemps.

Mais ce n'est pas ça qu'il veut savoir.

• • •

Ces derniers temps, Ben se renseigne sur d'autres quartiers. Mais quand on y regarde de plus près, les loyers sont ridiculement élevés. Je crains sans cesse qu'il suggère le New Jersey, mais non.

En revanche, il a une idée pour l'été prochain. Il veut envoyer Eli dans une colonie historique où on apprend aux enfants à baratter le beurre et à mener les chèvres. Eli ne veut pas. « C'est toi qui as envie de faire ça », je lui dis.

• • •

Je n'arrête pas de me demander comment canaliser toute cette inquiétude. Un soir, Ben et moi, on assiste à une réunion sur la justice à l'église unitarienne au bout de la rue. Ce sont des gens bien, des gens qui ont des projets, des gens qui aident les autres. Alors pourquoi est-ce que je me sens à ce point mal à l'aise ?

La plupart sont plus âgés que nous. Ils racontent comment d'autres les ont aidés. Ils remercient les participants de leur présence et nous enjoignent de penser aux moins chanceux que nous.

C'est une église. Je me souviens maintenant que c'est comme ça que ça fonctionne.

« Je croyais que tu voulais plus de communauté », me dit ensuite Ben. Mais pas autant que ça. Pas comme ça. Tous ces regards. « Ce n'est pas ma tribu », je lui dis.

Question : Comment une unitarienne marche-t-elle sur l'eau ?

Réponse : Elle attend l'hiver.

Je rate le bus express alors je dois me rabattre sur l'omnibus. L'autre jour, j'ai entendu une femme expliquer à une autre que la lenteur est une forme de bonté. Ce bus est rempli de vieux Russes avec des sacs de provisions entre les pieds. Je suis assise face à un type sexy en manteau vert qui donne l'impression de me connaître. Quand j'étais plus jeune, je savais pourquoi un homme me regardait, mais désormais ce n'est en général qu'à cause d'un trou de mémoire.

Il a du tabac à rouler dans la poche et un vieux sac à dos qui a connu la guerre. Un livre y est glissé, mais je ne parviens pas à lire le titre. Ben m'a un jour raconté que les Grecs emploient le terme *époché* pour signifier «je suspends mon jugement». Très utile pour ceux d'entre nous qui ont tendance à faire cause commune avec des inconnus dans un bus. Des alliances soudaines, dit mon frère. Je dois me méfier de moi-même. J'ai le cœur prodigue.

Il pleut. Le bus est plein. Il y a une telle densité de voyageurs qu'être assis constitue en soi une forme de culpabilité. Je regarde autour de moi. Je céderais à contrecœur ma place à un handicapé, une femme enceinte ou accompagnée d'enfants. Mais par miracle, il n'y a là que des adolescents dans la force de l'âge avec des écouteurs. J'ai oublié mon téléphone, sinon moi aussi, j'aurais oblitéré tous ces humains.

Le type en manteau vert n'arrête pas de me regarder. «La bibliothèque», lui dis-je, et il acquiesce lentement, avec respect, me semble-t-il. «Oui, oui, c'est ça.» Il a un léger accent et je me demande s'il vient d'un pays lointain où on tient les bibliothécaires en grande estime.

On s'apprête tous les deux à descendre sur Coney Island Avenue. Quand on se lève, je vois qu'il s'agit d'un guide des champignons.

Il pleut à verse. Les pigeons ont tous disparu. Le dealer du 5C me tient la porte. On secoue nos parapluies.

• • •

Sylvia a un nouveau projet. Elle veut aller vivre en caravane dans l'un des endroits les moins lumineux des États-Unis. Elle a déjà vécu là il y a plusieurs années avec un ex, un astronome amateur. C'est dans le Nevada, à des heures de route de toute ville. Par une nuit claire, on peut voir la galaxie du Moulinet à l'œil nu, m'explique-t-elle. Après, je fais des recherches et je découvre que cette galaxie se situe à vingt-cinq millions d'années-lumière.

Fini les campagnes, fini les levées de fonds, fini la nécessaire touche d'optimisme. Tout ce sur quoi elle travaillait depuis des années a été rayé d'un trait. La seule chose qu'elle veut maintenant, c'est un endroit calme et obscur, dit-elle.

Se retirer dans le désert, ça s'appelle l'*anachorèse*.

• • •

Le cours de méditation est beaucoup moins fréquenté. J'apprends que beaucoup de gens sont partis récemment suite aux propos de Margot. Quelqu'un lui a demandé ce qu'elle pensait des allégations récentes dans la presse. Elle a dit que ça la rendait triste, les actes déshonorants de ces hommes. Mais qu'elle rejetait le vocabulaire de victimes et de coupables. Quand on l'a interrogée sur des sanctions, elle s'est mise à évoquer la réincarnation. «Tout le monde ici présent a tout fait à tout le monde ici présent», a-t-elle déclaré.

Ce qui explique pourquoi aujourd'hui il n'y a au cours que trois types hétéros et moi. Elle explique que *dukka*, qu'on traduit en général par souffrance, a différents sens. Que dans le bouddhisme tibétain, ce mot prend parfois une autre tournure. Au lieu de dire que la vie est souffrance, on pourrait dire qu'elle est supportable. Tout juste.

• • •

Il ne se sent plus chez lui nulle part maintenant. C'est ce que dit mon frère alors qu'on se promène dans le parc, sa fille endormie dans le porte-bébé.

«Tu dois aller voir un psy, je lui dis. Je ne crois pas en être un.»

Ça fait dix jours qu'il dort sur notre canapé. Il voit Iris uniquement si je me débrouille pour ça. Il a repris des médocs et trompé Catherine avec une ex. Puis il lui a tout avoué. Il y a eu une valse d'hésitations pendant quelques semaines, mais elle a fini par le mettre dehors pour de bon.

Deux semaines et trois canapés plus tard, Henry est de retour sur le nôtre. Je le savais, pourtant. Mon frère est un colocataire atroce.

Il arpente sans arrêt l'appartement. Ça me rappelle les semaines terribles après son sevrage. Il avait un problème avec ses jambes. Il ne pouvait pas arrêter de bouger. Il s'agitait toute la nuit. Aucune position ne lui allait. J'ai l'impression qu'on m'a griffé le cerveau, disait-il.

• • •

Ben est patient, mais ce n'est pas facile de passer son temps avec mon frère. Ça serait différent si au moins l'un d'eux allait au bureau. Henry continue à écrire ses cartes de vœux, mais j'ai peur qu'à ça aussi, Catherine mette fin. Je veille tard le soir pour l'aider à trouver des idées. On en dégote quelques-unes, je tais les premières qui me viennent en tête.

À un frère qui est un boulet
À une sœur qui n'a jamais percé…

• • •

Henry a bu tout le lait. Henry a perdu la télécommande. Henry est furieux qu'Eli débarque si tôt dans le salon. Henry est rentré tard un soir et il a sonné parce qu'il avait oublié ses clefs. Henry dit qu'il n'aurait jamais dû avoir d'enfant, que ça a été la pire idée de sa vie. Plus tard, Eli demande: «Tu as voulu de moi?»

C'est l'été et il n'y a nulle part où aller.

«Pourquoi tu t'es lavé les mains si longtemps?
— Parce qu'elles étaient très sales.»

• • •

Catherine lui a déjà envoyé les papiers du divorce. Elle a fait très vite, comme à son habitude. Henry a l'air triste, mais surtout soulagé. Je lui ai dit qu'il doit s'arranger pour aller mieux, car sinon il risque de perdre totalement la garde. Margot accepte de le recevoir. Moi aussi, j'accepte, même si ça n'est pas conventionnel.

Ça prend un peu de temps, mais je parviens à convaincre Henry de la rencontrer. Après, on rentre à la maison. Eli est tout seul près de la fenêtre. « Quand je regarde un arbre ou un oiseau, je vois l'air tout autour », déclare-t-il. « Il me fait penser à moi », dit Henry. « Ne dis pas ça », je lui dis plus sèchement que je ne le voulais.

• • •

Je voulais vraiment rappeler Sylvia. Mais Eli a été malade et j'ai passé la nuit à son chevet avec un seau. Évacuation, évacuation, s'est mis à hurler le nouveau réveil parlant à quatre heures du matin. Ben et moi on s'était disputés pour savoir qui avait eu l'idée d'acheter ce truc.

Ce que je veux dire, c'est que j'ai mis une semaine à rappeler Sylvia. Et quand je l'ai fait, je suis tombée sur un message préenregistré.

Le numéro que vous avez composé n'est plus attribué.

• • •

Dans les films catastrophe, quand une personne retrouve un objet du passé, par exemple un chargeur de téléphone ou la statue de la Liberté, elle fond en larmes.

• • •

« Lizzie, tu dois m'aider », dit mon frère. « Mais je t'aide, je dis. Je t'aide. » Je m'installe sur le canapé, et je mets *My Strange Addiction.*

Toujours une heure apaisante de télévision. Au moins, je ne bouffe pas du talc, c'est déjà ça. Au moins, je ne suis pas amoureuse du pont Verrazzano-Narrows.

• • •

Margot explique à Henry que les idées noires doivent être exprimées à voix haute. Que si on les garde en soi, elles ne font que gagner en puissance. Ça me rappelle quelque chose que disait ma mère. *Des dieux réprimés, ça se transforme en diables.*

Après la deuxième séance, Margot nous donne un cahier d'entraînement. À la fin, il y a des exercices atroces dont Henry n'ira pas au bout d'un seul.

Juste avant la fin de mon service, je fais quelque chose de stupide. Je lis un article sur une greffe de visage, alors maintenant je sais exactement ce qui se passe quand on se tire une balle dans la tête à dix-huit ans et qu'allez savoir comment, on survit.

Le magazine prévenait qu'il y avait des images troublantes, mais sans préciser le temps pendant lesquelles elles me troubleraient ni le fait que je me rappellerais que Henry m'a un jour dit qu'une arme, c'est mieux que les médocs, avec lesquels il ne faut surtout pas se tromper de posologie. Dans l'article, il n'y avait aucun avertissement sur les mots, juste une légende :

Posé sur une table, le visage attend paisiblement les chirurgiens.

• • •

On dirait que mon frère ne dort plus jamais. « Tu devrais t'engager dans l'armée », je lui dis. On a étudié le cerveau du bruant à couronne blanche pour comprendre comment il peut voler sept jours sans dormir. L'idée, c'était de permettre aux soldats de rester éveillés aussi longtemps. Ça s'appelle le programme de Performance Assistée Continue.

Va dormir, je lui disais avant. Je te réveillerai quand on sera arrivés.

• • •

Tout l'après-midi, il fait incroyablement chaud. Les gens discutent et jouent aux cartes sur leurs vérandas. Un vieil homme me salue au passage. Eli slalome entre des os de poulet et des bouteilles de bière pour atteindre le distributeur de bubble-gum. Il obtient un petit monstre en caoutchouc. C'est le plus beau jour de sa vie, il me dit.

Henry passe la nuit à jouer aux jeux vidéo. Il a l'air un peu défoncé, mais je n'ai pas de preuve. Il appelle tout le temps Catherine, ne fait que tomber sur sa boîte vocale. L'audience pour la garde d'Iris aura lieu dans deux mois. J'ai juste à lui dire de rester en vie jusque-là, je plaisante avec Ben. Il ne rit pas. Je me distrais en veillant tard, je cherche sur Google des informations sur les moyens de survie après la fin du monde.

Ben entre dans le salon, il voit ce que je fais et s'en va. Je le suis dans notre chambre. « Tu es vraiment las de moi, hein ? » je lui dis, et il répond de la voix la plus lasse qu'on puisse imaginer. « Ce n'est pas ça, j'ai juste besoin d'aller au lit. »

Faire un feu avec un emballage de chewing-gum et une pile

On utilise le côté en aluminium de l'emballage pour provoquer un court-circuit avec une pile AA et ainsi déclencher une flamme.
Découpez l'emballage en forme de sablier et mettez-le en contact avec les deux extrémités de la pile, la positive et la négative. Le courant électrique enflammera l'emballage. Utilisez la flamme pour allumer une bougie ou une brindille.

Si vous n'avez plus de bougies

On peut se procurer plusieurs heures de lumière avec une boîte de thon. Creusez un petit trou dans une boîte de thon à l'huile, puis créez une mèche avec un bout de papier journal de cinq centimètres sur douze. Enfoncez la mèche dans la boîte en la laissant dépasser d'un centimètre. Attendez quelques instants qu'elle soit imbibée d'huile, puis allumez-la avec des allumettes. Votre lampe à huile brûlera pendant près de deux heures et le thon restera consommable.

Le lendemain matin, il appelle sa sœur. Ils discutent longtemps. Quand il raccroche, il me dit qu'elle part faire un road-trip de trois semaines en famille sur la côte californienne, que nous sommes invités. Ils appellent ça faire du glamping. Et si on acceptait?

«Je ne peux pas, je lui rappelle. Je dois rester ici.»

Ben prend cet air résigné qu'il a en ce moment dès qu'il est question de mon frère. «Réfléchis, il dit. Tu as des obligations envers cette famille-là aussi, Lizzie.»

Mais comment le laisser seul? Je cache déjà mes somnifères dans une chaussette sous mon lit.

• • •

Évidemment, Ben craint que je sombre. La dernière fois que Henry a failli se noyer, j'ai plongé juste derrière. J'ai interrompu mes études et je ne les ai jamais reprises. Henry ne travaillait plus. Il ne voyait plus personne. Il restait dans son appartement de Staten Island, et quand il était à court de drogue, il descendait en chercher.

Je me souviens de ce jour où on aurait dit qu'il clignotait; il s'allumait, il s'éteignait. «Ça suffit, j'avais dit, laisse-moi t'aider.» «Ça ne marchera pas, il avait répondu. Ça ne marche jamais.» «Cette fois, tu pourrais assister aux réunions», j'avais dit. J'aurais pu tout aussi bien vouloir l'expédier sur Mars. Mais quelques soirs après, il m'a appelée, tout excité. Il avait une idée. Il avait vu une vidéo YouTube sur les moines du mont Athos. Il m'a demandé de la regarder et de le rappeler juste après. «Je pourrais aller là-bas, il a dit. C'est beau, et il n'y a rien.»

Un moine d'une cinquantaine d'années, un Américain, donnait une interview. Avant, il était professeur. Il avait fui Boston pour ne jamais y revenir. Il montrait l'ossuaire au journaliste. Constitué de tous les crânes des moines qui avaient un jour vécu là, empilés comme du bois sous un appentis. Il ne craignait pas la mort. «Je sais où je finirai», disait-il avec un geste de la main. Il n'avait pas quitté l'île depuis ses vingt-six ans et il n'en avait pas l'intention, même si sa mère était en train de mourir. Le journaliste insistait: «Alors que votre mère est en train de mourir?» Il répondait que oui. Il avait un si beau sourire que ça a déclenché un frisson en moi. «Non, j'ai dit à Henry. Je ne te reverrais plus jamais.»

Il fait les cent pas dans notre minuscule salon ce soir. «S'il m'arrive quelque chose, je te laisse Iris», il dit. «Il ne va rien t'arriver, je dis. Et puis, ça n'est pas comme ça que ça marche.»

• • •

Samedi. Je dois aller faire des courses. J'arrive au supermarché avant même l'ouverture. Il n'y a là qu'une femme en caftan et moi. Elle a l'air concentré. C'est peut-être une accro aux bons de réduction.

J'ai vu une émission sur ces gens. Ça se passe exactement comme avec les drogués, moins l'embuscade familiale à la fin. Mon moment préféré, c'est quand la personne atteint la caisse avec ses dix chariots. L'addition est exorbitante et on a l'impression que le client va fuir en courant. Puis on entend une musique. La personne ouvre un énorme dossier et se met à tendre bon après bon à la caisse. Le total diminue à chaque fois.

Jusqu'où pouvez-vous descendre ? Jusqu'où pouvez-vous descendre ? (L'éternelle question.)

Quelqu'un me dit bonjour. Je reconnais le type sexy du bus. Il est en tenue de jogging, ce qui atténue l'opinion favorable que j'ai de lui. « Qu'est-ce que vous faites ? » il me demande. Le gérant nous observe de l'autre côté de la porte vitrée. Laquelle s'ouvre. « Pas grand-chose », je lui dis. Il sort un bout de cigarette de sa poche, la fume, puis repart en courant.

Ce n'est vraiment pas un Américain.

Plus tard, j'emmène Eli au nouveau bazar à un dollar à la recherche d'une passoire en plastique. Il parcourt les allées d'un air extatique. « Qui a fabriqué tous ces objets ? » il me demande. « La main invisible », je lui réponds.

• • •

« Je m'inquiète pour toi », dit Ben. C'est parce que j'ai dit quelque chose que je pensais n'avoir fait que penser. Eli me harcelait pour avoir ses céréales. Où elles étaient ? Pourquoi je n'en avais pas racheté ? Pourquoi je ne pouvais pas retourner en chercher ? Je déteste tout le monde, j'ai dit.

Je proteste modérément, mais apparemment pas assez, parce que Eli fond en larmes.

Ben m'annonce qu'ils vont rejoindre sa sœur pour son road-trip. Avec ou sans moi. Pendant trois semaines. Ils ne sont jamais partis aussi longtemps. Je répète que je ne peux pas venir et il prépare les bagages dans un silence inquiétant et étrange.

Dès que Ben arrive chez sa sœur, il m'appelle. « Comment ça se passe ? » je demande. « Tu nous manques », il dit.

• • •

Au moins, j'ai la chienne. Et peut-être un crush, aussi. Le type du bus a surgi à la bibliothèque aujourd'hui. Il a erré dans les rayons toute la matinée. Il parle à une habituée, la fille aux ongles rongés au sang. « Il ne faut pas manger de plantes à la sève laiteuse. À part les pissenlits », il lui dit. Puis il sort fumer.

Quand je vais déjeuner, il a disparu. Je donne son dollar à la femme sur le banc. Il fait lourd. Je sens la sueur couler sous mes aisselles. *Personne ne s'intéresse à toi*, me disait ma mère.

Quand je rentre, Henry est couché sur le canapé, il regarde le plafond. Je trouve une émission qui n'a aucun rapport avec lui ou moi. On la regarde en dévorant des bols entiers de pudding au chocolat. Une candidate parle face caméra de ses espoirs et de ses rêves. Pourquoi dans les reality shows, les gens annoncent-ils toujours leurs intentions ? Serait-ce l'équivalent de la supplication pour les visiteurs médicaux ?

• • •

L'immeuble est bizarre sans Ben. C'est comme si les gens me regardaient différemment. Je ne sais pas si le dealer veut coucher avec moi ou simplement avec tout le monde. Il y a comme une vibration qui émane de lui.

Il m'apprécie davantage depuis qu'il m'a vue rentrer ivre et titubante à deux heures du matin. Il est passé près de moi dans le hall alors que j'essayais d'utiliser ma clef de boîte aux lettres. « Ça va ? » il a demandé. « Ça va », j'ai répondu. Il est monté, mais depuis, il me tient la porte de l'ascenseur quand je suis au milieu du hall.

• • •

Il ne faut pas oublier que la douleur émotionnelle surgit par vagues. Rappelle-toi qu'il y a une accalmie entre les vagues. C'est ce que Margot a dit à Henry. On a essayé de faire ses exercices, en vain.

« C'est insupportable », dit Henry. « C'est difficilement supportable », elle le corrige. Il est censé noter ses pires visions. « Écris à la première personne. Avec tous les détails possibles », elle lui conseille.

Par la suite, je m'occupe d'Iris pendant que Henry tente de faire cet exercice. Oh, ces yeux qu'il a. Ça fait mal rien que de les regarder. Il hésite, recommence, relit tout depuis le début.

Je laisse le bébé dans la voiture pendant que je vais faire les courses. Le magasin est bien plus grand que je le croyais. Je parcours les rayons en mettant de plus en plus d'articles dans mon chariot. Qui est plein, même le siège où on est supposé asseoir son enfant. Tout à coup, je me souviens d'Iris et je me précipite dehors. La journée est étouffante, toutes les vitres de la voiture sont fermées. Il y a des gens autour, ils essaient de briser les fenêtres. Un homme frappe avec un marteau, mais le verre résiste. Une femme hurle. La police arrive et casse la vitre. Ils essaient de la ranimer, mais elle est déjà morte. Je suis au milieu de la foule. Et là, je me rends compte que je suis son père.

J'embrasse la tête du bébé à l'endroit tout mou. « Bien », je lui dis.

• • •

Le robot Samantha fait de nouveau parler de lui dans les journaux. Il a été présenté à une conférence technologique en Europe. Mais il a été testé par tellement d'hommes qu'à la fin de la journée il est souillé et il a deux doigts cassés. Son inventeur n'en revient pas. Il doit l'expédier en Espagne pour réparation. Heureusement, la voix fonctionne toujours. Je vais bien, a dit le robot. Ces gens sont des barbares, a déclaré son inventeur à un journaliste.

Selon le bouddhisme, on naît et on renaît plein de fois, si bien qu'on a déjà tous été les parents, les frères et sœurs et les enfants les uns des autres. Il faut donc traiter chacun comme s'il faisait partie des nôtres.

• • •

Je repense à mon refuge. Ce n'est pas simple de savoir qui il faudrait emmener. Il faut évaluer le caractère de la personne. Sera-t-elle leader ou suiveuse ? Va-t-elle vouloir dominer les autres dès que possible ? Est-ce une Alpha ? Une Bêta ?

On m'a dit que ma chienne n'était ni l'un ni l'autre. Elle, c'est une rampeuse, ce qui signifie qu'elle s'inclinera devant un Alpha, mais que si elle en a la possibilité, elle progressera toujours un peu plus sur le lit jusqu'à ce qu'on la chasse. Une Bêta resterait au pied du lit.

Ensuite, il faut équilibrer les talents des gens qu'on choisit. Celui-ci est-il pragmatique ? Celui-là musicien ? Celui-ci a-t-il des compétences en médecine ?

Troisièmement, il faut trouver le moyen de leur annoncer que vous les avez choisis.

• • •

Parfois je dérape et je m'interroge sur ce qui cloche avec Henry. Et s'il avait ces idées en étant vraiment défoncé ? Puis je sens la pression des gens sur moi, je suis à nouveau au sommet des marches, sous le soleil.

• • •

On regarde ensemble la finale de Bons de réduction. La cliente parvient à faire chuter le total à 2,58 dollars. Dans le magasin, tout le monde applaudit alors qu'un train de chariots argentés roule jusqu'à sa voiture.

Un peu plus tôt, on avait fait son portrait. Cette femme qui mettait une robe et du rouge à lèvres tous les jours pour aller au travail ne craignait pas d'escalader des bennes pour récupérer les prospectus que quelqu'un y avait jetés. Le présentateur expliquait qu'elle avait récemment converti sa maison en entrepôt pour y stocker tous ses achats tandis que sa famille et elle habitaient dans leur sous-sol à moitié en travaux.

• • •

Ma mère m'envoie une photo. Elle s'est rendue en bus avec son groupe de prière jusqu'à un centre de détention dans l'État voisin. C'était interdit de parler aux détenus, alors ils se sont placés devant la clôture en barbelés et ils ont chanté dans l'espoir de leur apporter du réconfort. Sa photo représentait un arbre misérable à l'extérieur de la clôture. Apparemment, c'est le seul arbre visible depuis la prison. Chaque personne du groupe avait accroché son collier avec sa croix aux branches avant de partir.

Personne ne te demande de parcourir cinquante-quatre kilomètres avec ton enfant sur le dos.

Mais si je devais le faire.

• • •

Depuis leur départ, je fréquente trop mon bar d'autrefois. C'est drôle de parler à des gens qui ne savent rien sur moi. Je passe aussi beaucoup de temps à écouter les conversations.

C'est important de guetter le «moment décisif», dit l'homme près de moi à la personne avec qui il a un rendez-vous. Je suis d'accord. La seule différence, c'est que dans sa bouche, il est question de photo au vingtième siècle alors que chez moi, il n'est question que du vingt et unième pour tout.

Un jour, mon type se pointe. Il s'appelle Will. Il est plus ou moins journaliste. Récemment rentré de Syrie. Il a un drôle de passe-temps: emmener des gamins dans la nature. «Pas de ligne claire entre l'égarement et l'absence d'égarement», il me dit, et je note ça sur une serviette en papier.

Allez savoir comment, au bout de quatre verres, je lui parle du chaos à venir. «Qu'est-ce qui te fait peur?» il me demande. La réponse, bien sûr, c'est le dentiste, l'humiliation, la pénurie. Puis il dit: «Quels sont tes talents les plus utiles?» «Les gens me trouvent drôle, je sais raconter une histoire de façon à remporter l'adhésion. J'essaie de ne pas m'attarder sur mes ambitions ratées, ma haine des hippies et des riches.» «Mais en termes de talents», il insiste, et je lui explique que je connais quelques poèmes par cœur, que j'ai récemment appris à fabriquer une lampe avec une boîte de thon (à l'huile, pas au naturel), à reconnaître un noyer noir, et qu'on peut survivre grâce à l'intérieur de l'écorce de bouleau, que je sais que c'est important d'avoir toujours des chewing-gums sur soi pour garder le moral post-effondrement et aussi parce que ça coupe l'appétit, qu'on est censé pouvoir pêcher avec, mais seulement si le chewing-gum est de couleur vive et qu'il contient du sucre – ce n'est qu'à cette condition qu'un poisson viendra peut-être voir pour se faire attraper avec la canne à pêche que j'aurai fabriquée avec un trombone pointu, une corde et un bâton. Que si besoin, on peut utiliser du tabac humide en guise de compresse sur une blessure. Qu'on peut manger les fourmis rouges (elles ont goût de citron), que les Mormons se nourrissaient de bulbes de lis – une nourriture de famine. Que Malcolm X disait que sa mère préparait de la soupe de pissenlits quand il n'y avait pas assez à manger. Que si on n'a pas d'eau, il ne faut pas manger et maintenir sa bouche fermée pour conserver de l'énergie. Qu'on peut tenir trois heures sans protection, trois jours sans eau, trois semaines sans nourriture, trois mois sans espoir, mais qu'il ne faut pas boire sa propre urine, c'est un mythe, ni manger de la neige, toujours la faire fondre d'abord. Si on a une rage de dents, on peut mettre de l'aspirine pilée dessus. Les seuls ingrédients nécessaires pour fabriquer du dentifrice, c'est du bicarbonate de soude, de l'huile essentielle de menthe et de l'eau. Qu'on peut mâchonner un bâton jusqu'à le transformer en brosse à dents…

Il n'arrête pas de me toucher le bras. Parfois, votre cœur s'enfuit avec quelqu'un, pour ça il suffit d'un foulard au bout d'un bâton.

Quand je rentre, Henry joue aux jeux vidéo. Je regarde la liste des acronymes survivalistes que j'ai imprimée ce matin.

GOOD = Get Out Of Dodge : tire-toi de là
DTA = Don't Trust Anyone : ne fais confiance à personne
FUD = Fear, Uncertainty, Doubt : peur, incertitude, doute
BSTZ = Better Safe Than Sorry : il vaut mieux être à l'abri que désolé
WROL = Without Rule Of Law : ne pas s'encombrer de la loi
YOYO = You're On Your Own : tu es tout seul
INCH = I'm Never Coming Home : je ne rentrerai plus jamais

• • •

La fois suivante, je lui explique qu'une digue sera bientôt édifiée tout autour de la ville. Que le maire prend déjà conseil auprès des Hollandais. En Hollande, il y a des villages où on entend les vagues s'écraser, où on aperçoit les mouettes dans le ciel et où on sent l'eau salée sans jamais voir la mer.

Il a du charisme, il a l'habitude de se faire draguer. Un soir, il m'a montré une photo de son ex, une photojournaliste incroyablement belle. Elle est française. Lui, il est franco-canadien. Ils se rendaient ensemble sur les zones de guerre. Je lui demande s'il est toujours sorti avec des femmes belles. Il fait une pause, il réfléchit. Plus ou moins, il répond. Elle a un bandeau sur l'œil? Pas de bandeau sur l'œil, répond Will.

Puis il s'en va. Tracy dit que je suis nulle de ne pas lui avoir fait d'avances. «Tu devrais rester mariée», elle me dit. «Je suis mariée», je souligne d'un air prétentieux. «C'est exact», elle dit.

• • •

C'est juste que… je ne supporterai pas le moment où tu cesseras d'être amoureux de moi, je dis au type qui me sourit dans le métro. Par télépathie. Il m'entend. Et se met à jouer à un jeu sur son téléphone sans plus me regarder.

S'il partait avec Tracy, ça m'irait. C'est la règle. L'accouplement assorti. Je ne me jetterais certainement pas sous un train pour ça. Aucune chance. Mais il reste ces accidents où la voiture percute un arbre. Je pourrais être la deuxième fille dans la voiture. Ils partiraient main dans la main, sans toutefois jamais surmonter ma perte.

• • •

L'une des choses que j'aime bien avec Will, c'est que ça n'a pas l'air de le déranger quand je parle du zazen. Il est de l'école de tout ce qui permet de traverser la nuit. Je me demande parfois ce qu'il fabrique ici. «Je suis de passage», il dit. Tu peux y aller, chante ta chanson, ce genre de choses, vas-y.

Je mets du temps à comprendre de quoi sa vie est faite. Pour ce que j'en vois, il débarque dans un endroit terrible, il manque de se faire tuer, puis il se rabat un temps sur un endroit en paix jusqu'à être prêt à repartir.

Il me dit qu'avant, il faisait de longues randonnées. Qu'un jour, il a suivi la piste d'un aventurier du dix-huitième siècle. Il a marché à l'endroit où il avait marché, il a dormi là où il avait dormi. Il se servait de son journal de bord comme guide. Tout en écrivant son propre livre. Comme pour recouvrir le premier, il a dit. Ce voyage a duré huit mois. Ses pieds ont rarement quitté le sol. Un jour, par une journée pluvieuse où il avait accepté d'être pris en stop, il n'en était pas revenu de la violence de la vitesse contre son corps. Ses pensées ne pouvaient se dérouler calmement, elles étaient toutes mélangées. Paniqué, il s'était retenu à la portière en attendant la libération.

Comment se passe ton cheminement ? C'est ce qu'on nous demandait dans les groupes de jeunes. À propos de Jésus.

• • •

Ma question à Will : « Et ici, ça ressemble à un pays en paix ou en guerre ? » C'est plus ou moins une plaisanterie, mais il me répond avec sérieux.

Il dit que ça ressemble à avant que tout sombre. C'est un sentiment bizarre qu'on apprend à repérer. Même quand tout le monde veut croire que ça va aller, c'est quelque part dans l'air. Plus physique que mental, il me dit.

Comme les poils d'un animal ? La façon dont les poils d'un chien se hérissent ? C'est ça, il dit.

Il m'explique que dans son camp de nature, il enseigne aux gamins le principe « pas de perte possible ». Pour survivre, il faut d'abord songer au groupe. S'intéresser aux besoins des autres, ça donne un but, et un but, ça vous offre de l'énergie en cas d'urgence. Il dit qu'on ne sait jamais quel gamin va se révéler. Qu'en général, les pires, ce sont les gosses de riches. Ils n'ont pas de prédateurs, il explique.

• • •

Je ne sais pas comment fait Ben. Je l'appelle pour qu'il m'explique le moyen d'éliminer les crottes de souris de l'étagère des épices et de celle du dessous. Ça fait déjà une heure que je m'acharne avec des gants jaunes, du désinfectant et de l'essuie-tout, j'en ai jeté tellement que j'ai déjà gaspillé le bien que j'ai fait à la planète jusqu'à présent. Puis je dois tout remettre en place, et est-ce que ça signifie que je dois laver les flacons d'épices un à un? «C'est ce que je fais, mais je ne pense pas que ça soit indispensable, contente-toi de nettoyer les crottes, c'est déjà génial», il dit gentiment. Il rit quand je lui dis combien de temps j'y ai passé, et il conclut: «C'est un nouveau départ.»

Il commence à me manquer. Le bourdonnement chaud de son corps dans le lit. Certaines blagues et autres petites gentillesses. Ce crédit de bonne volonté qu'il m'accorde encore et encore, que je le mérite ou pas.

C'est drôle comme, quand on est marié, tout ce dont on a envie, c'est de ne pas avoir encore rencontré l'autre, mais quand on ne le connaît pas, c'est d'être marié et de lire ensemble au lit.

• • •

Les e-mails continuent d'arriver. Les gens ont plein d'idées. Ne pas industrialiser le soleil ou l'océan, plutôt nous industrialiser, nous.

Les gens de petite taille ont tendance à vivre plus longtemps, déclare un scientifique. Ils ont besoin de moins de tissu pour leurs vêtements, de moins de gomme pour leurs chaussures et ils disposent de plus de place dans les avions.

Question : Quel sens auraient des humains biotechnologiquement augmentés pour plus d'efficacité ?

Réponse : On a étudié les yeux des chats, la technique qui consisterait à fournir à des humains des yeux de chat, ou alors à en fabriquer des comparables. Les chats voient presque aussi bien que les humains dans la journée, mais bien mieux la nuit, alors les chercheurs se sont dit que si tout le monde avait des yeux de chat, on n'aurait plus besoin de tout cet éclairage, et on pourrait réduire de façon drastique la consommation globale d'énergie.

Je trouve tout ça dans la salle des périodiques. Ainsi que d'autres trucs. Il y a une revue qui contient plusieurs articles sur la solitude, et les moyens de la combattre.

Hunt et al. (1992) ont montré qu'une femme assise dans un parc a significativement plus d'interactions avec les passants si elle a un lapin ou une tortue plutôt que si elle est seule avec un poste de télévision ou en train de faire des bulles[7].

Le vacataire semble plus pâle que d'habitude. Il ne fait pas de phrases complètes. « Serait-ce possible de… ? Cela vous gêne-t-il si… ? »

Il paraît qu'à force de solitude, on perd les mots.

• • •

Plus tard, au milieu de la nuit, je m'inquiète pour lui. Je pense à ce que j'aurais dû lui dire. Je sais ce qu'il faut rechercher. J'ai grandi avec la liste en tête. « As-tu des projets ? » je demandais à Henry quand il appelait tard le soir pour se débarrasser de quelque chose dont il n'avait plus besoin.
Je parlais, il tentait de raccrocher, je prétendais avoir encore quelque chose à dire, quelque chose que j'avais oublié, quelque chose d'important. Il faut absolument que je te parle demain matin, je lui disais. Tu dois me rappeler pour que je n'oublie pas. C'était une astuce, mais ça fonctionnait. Les obliger

à se projeter vers le jour suivant, voire l'heure, la minute.

• • •

Les scientifiques prétendent que la théorie du tout est une expression technique, pas métaphysique.

Beaucoup de gens qui traînent dans ce bar semblent avoir des théories générales qui unifient tout. J'en entendais sans arrêt quand j'étais serveuse ici. Pendant longtemps, ceux qui venaient vers moi, c'étaient les âmes en peine. La façon dont ils grimaçaient si vous émettiez la moindre plainte domestique ; la façon dont ils irradiaient de colère quand vous disiez croire à la solidité du sol sous vos pieds.

Récemment, ce sont les êtres sexuels que je remarque, ceux qui ont tout fait et qui en sont revenus. Ils savent exactement comment briser quelqu'un ; ils voient toujours midi à leur porte. «Je peux te demander quelque chose ?» dit Will, et je réponds : «Bien sûr, demande-moi.»

«Comment tu sais tout ça ?
— Parce que je suis bibliothécaire, bordel.»

• • •

Les gens demandent aussi :

Qu'est-ce qui disparaîtra en premier des magasins ?
Pourquoi les humains ont-ils besoin de mythes ?
Est-ce qu'on vit à l'ère de l'anthropocène ?
Qu'est-ce que la transe culturelle ?
Est-ce que c'est mal de manger de la viande ?
Qu'est-ce que le capitalisme de surveillance ?
Comment sauver les abeilles ?
Qu'est-ce que l'Internet des objets ?
Quand les humains s'éteindront-ils ?

• • •

Sylvia décide d'arrêter les interviews. Elle me dit de fouiller dans ses archives et de choisir celles que je veux diffuser.

J'ai réécouté son interview du psychologue du désastre. Il explique que dans un moment d'urgence, le cerveau est capable de rester bloqué dans une boucle à la recherche d'une situation comparable.

C'est pour ça qu'il faut être prêt pour la catastrophe. Dans un hôtel, repérer les sorties de secours. Sur un ferry, les gilets de sauvetage. Dans un avion, lire la plaquette qu'on vous demande de lire.

Sans plan de secours, les gens paniquent. Les maris oublient leur femme. Les parents s'enfuient sans leurs enfants. On peut se répéter, comme un mantra : *J'ai des enfants ! J'ai des enfants !*

• • •

Un week-end, je vais garder la maison de Sylvia avec mon frère. Je suis énervée, agitée, je pense des choses que je ne devrais pas penser. Il y a tellement de souris dans les murs que c'est impossible de dormir. Elles font un bruit entre des petits pas et des vrombissements. Un animal a rongé le coffret de la bouteille de propane. Les yeux de Henry font peur. Ce matin, on s'est levés très tôt pour observer une phase rare et particulière de la lune.

Et puis je dois m'arranger pour que ma mère se fasse soigner les dents. Elle a une dent de sagesse infectée, une autre qui s'effrite. Elle me dit qu'elle compte faire les quatre heures de route jusqu'à la clinique universitaire. Il y a des gens qui viennent de bien plus loin, plusieurs centaines de kilomètres, et ils sont si nombreux qu'à l'arrivée il y a un tirage au sort pour savoir qui aura le droit d'être soulagé de sa douleur. L'Amérique est le nom de cet endroit où on peut tirer le gros lot.

• • •

Envie d'une promenade en journée? me propose Will par message à mon retour. J'attends qu'un ami de mon frère vienne le voir et je sors en douce me promener avec lui. On va dans un petit parc que je ne connaissais pas. Peut-être que c'est à côté de là où il habite. On ne parle jamais de là où il vit.

Au centre du parc, il y a un étang. On se demande quelle profondeur il fait. Je trouve un bâton, je le lui tends. « Il y a l'égalité femme homme maintenant », il dit, mais il le lance pour me faire plaisir.

Conseil de survivaliste : si vous n'avez aucun matériel, la seule chose qu'il vous faut pour pêcher, c'est de la salive et votre chemise. Entrez dans l'eau, étalez votre chemise comme un filet à la surface. Crachez autant que vous pouvez dedans. Ça attirera les petits poissons en quête de nourriture. Quand il y en a plusieurs, soulevez votre chemise. Vous avez votre dîner.

Will rit quand je lui raconte ça. « Il y a de meilleurs moyens, il dit. Moi, j'ai pêché toute mon enfance. » Il a grandi au milieu de nulle part avec de la neige qui arrivait à hauteur des fenêtres.

Je pourrais peut-être le charmer un moment, mais quand le soleil cessera de briller ? Combien de temps ça prendra avant qu'il comprenne que je suis incapable de couper du bois ou d'allumer un feu ? Ben est habitué à ce que je parle mais n'agisse pas, et j'ai mis du temps à acquérir cette bienveillance.

Rien que l'idée de passer assez de temps avec quelqu'un pour mériter tout ça. C'est ce qui paraît impossible. Parce que tant que l'autre est sous votre charme, vous ne représentez que des bonnes choses pour lui, mais à la phase suivante, peut-être plus tôt, et de toute façon plus tard, il se lasse de vous et de vos manies, de vos petites et grandes hontes. Je ne pense pas que je serais capable de supporter ça. Tracy dit que c'est idiot, que je devrais profiter du moment et avoir une aventure en l'absence de Ben. Et ça serait possible, non ? Oui ! Oui !

Il me suffirait de me déshabiller devant un inconnu qui ne s'intéresse pas particulièrement à mon bien-être à long terme ni à ma stabilité mentale. À quel point c'est dur ? Je pourrais le faire. Ça serait amusant. Mais surtout si ledit inconnu comprenait toutes mes blagues, se moquait de mes remarques, que je lui demande s'il me trouve grosse, accepte de m'envoyer chez le médecin ou le dentiste même si je ne veux pas (à cause de la mort, de la mort, la mort terrible), ne voie aucun inconvénient à mon absence d'intérêt pour le ménage et mon buisson années soixante-dix, ne soit pas gêné de soutenir financièrement et émotionnellement mon frère pour le reste de sa vie, ainsi que ma mère, qui est adorable, mais qui n'a pas d'argent. Là, je foncerais et je baiserais avec plaisir de toutes les manières qu'il souhaite jusqu'à ce que l'éclat se ternisse.

Mais je suis mariée. Heureuse en mariage, même. Alors on se contente d'échanger des messages. Dès qu'on se quitte. Des petites choses sans intérêt, des blagues sur les dernières nouvelles ou notre journée. Parfois, je lui écris tard, mais dans ce cas, c'est toujours scrupuleusement chaste. Ce soir, depuis la salle de bains : *Mon compromis : troqué la brosse à dents électrique contre une manuelle.*

• • •

Parfois, Will sursaute quand je quitte le trottoir pour marcher sur l'herbe. Il a toujours plein de bonnes histoires à raconter. Aucune sur la guerre.

Ça n'est pas vrai. Une fois, il a parlé de la guerre. Pas exactement, mais du moment juste avant. Il a dit que le corps savait les choses avant le cerveau. Qu'on se mettait à remarquer des choses différentes.

« Tu es certain que tu n'es pas un espion ? Parce que tu as tout l'air d'être un espion », je lui ai dit un jour.

«Je ne suis pas un espion, il a dit. Mais je suis capable de t'envoyer un message crypté.»

• • •

À la séance de méditation, une femme évoque son problème. Elle a une maladie où le plus léger des contacts sur la peau lui est douloureux. «C'est insupportable», elle dit. Margot acquiesce. «C'est à peine supportable», je pense par réflexe.

Des histoires circulent sur la mort du mari de Margot. Piqué par une abeille, je crois. Allez savoir comment, ça ne lui était jamais arrivé de sa vie, or il était mortellement allergique.

Dans certains monastères zen, le bavardage se définit comme le fait de parler de n'importe quoi sans regarder personne.

• • •

La boîte de Henry est à nouveau remplie de papiers, des mots écrits en tout petit. On fait tous les deux des cauchemars à l'idée que quelqu'un les trouve. Ça lui a pris une semaine pour remplir la première. Puis seulement quatre jours. Souvent, les pensées empirent avant de s'améliorer, a dit Margot. C'est prévisible. Mais même si on s'attend à quelque chose, ce n'est pas pour autant que ça ne vous coupe pas le souffle quand ça arrive.

« C'est parti ? » je demande à Henry. Il acquiesce, courbe les épaules. Le parc est presque vide parce qu'il fait froid. On est assis sur un banc à l'écart. Comme exigé, il lit chaque papier à voix haute. Le bébé est brûlé, étouffé, étranglé, étripé. Puis je les déchire et je les jette.

Plus tard, je prends l'ascenseur avec le dealer du 5C. Putain d'obscurité, voilà ce qu'expriment nos yeux.

• • •

Je demande à Will s'il a déjà consulté un psy. « Il ne m'est rien arrivé », il répond. Il se désigne d'une façon qui semble dire, regarde, je ne suis pas en miettes, mais en un seul morceau. « D'accord, je dis, j'ai pigé. » Il se passe beaucoup de choses dans sa tête tourmentée, je n'en doute pas. Il y a un étrange silence, puis il change de sujet de cette façon qu'il a de débarrasser du matériel.

« Comment s'est passée ta promenade avec Henry ? » il demande. « Il ne m'est rien arrivé non plus », je lui dis.

• • •

Bon, éteins la lumière. Et dors. J'ai du zolpidem, mais j'ai envie d'autres drogues, des drogues plus récréatives. À trois heures du matin, je ne dors toujours pas.

Où est mon mari ? Où est mon fils ?

On n'a jamais parlé d'Eli. Un jour, il m'a demandé s'il savait chasser ou pêcher. J'ai ri, à cause de l'endroit où on habite. Mais cette nuit-là, au lit, j'ai pensé, Ah, le Canada !

Il semble que je ne parvienne pas à échapper à cette question : quel est l'endroit le plus sûr ? L'autre soir, il y avait une climatologue à la télévision. Elle parlait de ses enfants.

Je trouve difficile de me décider quant à une région. On se dit que celle-ci va être sûre, qu'on risque de se retrouver coincé dans celle-là. Je crois qu'il n'y aura pas de lieux sûrs. Je... les conséquences seront terribles. Alors je reste le plus mobile et flexible possible pour m'adapter à tout ce qui peut se produire. Mes enfants sont bilingues et ils sont en train d'apprendre une troisième langue. Les deux ont trois passeports, donc pour le moment, la liberté d'étudier et de travailler dans l'Union européenne, au Canada ou en Australie[8].

• • •

Ma mère me dit qu'elle achète plein de chaussettes pour en faire don aux sans-abri. Elle a aussi des billets d'un dollar dans sa boîte à gants de façon à pouvoir en ajouter un à chaque paire de chaussettes. Ma mère qui n'a qu'une petite retraite pour vivre. Je crains qu'elle n'épuise son moteur. Elle a déjà beaucoup de kilomètres au compteur.

Un frère questionne un Père du désert sur sa vie. Qui répond :

Mange de la paille, vêts-toi de paille, dors sur la paille : méprise tout ce qui existe et fabrique-toi un cœur d'acier.

Catherine semble basculer vers l'abysse, elle aussi. Récemment, elle me fait suivre des e-mails étranges.

Faites tourner !
Au commencement, les parents et les enfants ne formaient qu'un, ils poussaient telle une seule plante. Puis ils ont été séparés, engendrant à leur tour des enfants. Mais les parents aimaient tellement leurs enfants qu'ils les dévoraient. Dieu s'est dit : « Ça ne peut pas continuer ainsi. » Alors il a réduit l'amour parental

d'à peu près quatre-vingt-dix-neuf virgule quatre-vingt-dix-neuf pour cent de façon que les parents cessent de dévorer leurs enfants.

J'ai imprimé ça pour le montrer à Henry. Il n'a pas ri. «C'est une bonne personne», il dit. «Toi aussi», je dis.

Puis à l'instant où je me répète que nous ne formons qu'un seul peuple, que nous avons tous des espoirs et des rêves, je vois Mrs. Kovinski marcher dans la rue vers moi. On s'évite, maintenant. Depuis que je lui ai dit que je refusais d'écouter sa haine.

• • •

J'ai raconté à Will les cartes de vœux que j'aide Henry à écrire. «J'en veux une!» il dit. Alors je lui en compose une sur une serviette en papier.

Les roses sont en fleur
les violettes c'est la vie
J'ai un peu moins peur
en ta compagnie.

Il repart bientôt chez lui. Il veut retourner vivre près des bois. Quelque part au Québec.

L'autre soir, il m'a offert un livre : *Code des signaux maritimes*, édition de 1931. À côté, il y avait des petits points au crayon.

« J'aimerais communiquer avec toi. »
« Arrête de me faire part de tes intentions et attends mon signal. »
« Je suis en feu. »
« On ne peut rien faire tant que le temps ne s'est pas apaisé. »

• • •

Le dernier jour, on va visiter l'aquarium. Ce que je préfère, ce sont les raies manta. On les regarde se déplacer en agitant leurs grandes ailes. Elles ont le plus gros cerveau de tous les poissons, je m'en souviens. Si on les met devant un miroir, elles ne croient pas voir une autre raie. Elles glissent et s'observent, elles plongent et se pavanent.

« Qu'est-ce qui te retient ici ? » il demande. Je t'en prie, je pense, mais je suis incapable de le regarder. Tous ces gens. Tous ces gens, tu n'en reviendrais pas.

CINQ

Un homme fait des rêves atroces. Il est chassé par un démon. Il va voir un thérapeute qui lui dit que pour affronter ce démon, il doit se retourner et lui faire face, sinon il ne parviendra jamais à lui échapper. Il aimerait tellement y parvenir, mais chaque nuit il continue à fuir. Enfin, il se retourne et regarde le démon droit dans les yeux. «Pourquoi tu me cours après?» lui demande-t-il. Le démon répond: «Je ne sais pas. C'est ton rêve.»

Après le départ de Will, j'ai vu qu'il avait annoté l'ouvrage pour moi. Je me demande comment il a signé. Il y a plein de façons de faire ça avec prudence: bien à toi, chaleureusement, amicalement. Mais il est malin. MYBAS. Même si Ben voyait ça, il ne comprendrait pas. C'est une blague de survivaliste.

MYBAS May You Be Among The Survivors. En espérant que tu fasses partie des survivants.

J'ai parfois l'impression d'être en pleine descente. Je transpire. La musique m'aide un peu.

Est-ce que je peux surmonter ça ?

Oui, tu peux.

• • •

J'essaie d'expliquer à Tracy, pour Will. Que c'était comme une aventure en temps de guerre. Moins la guerre. Moins le sexe. Elle me regarde. « Donc il ne s'est rien passé ? » elle dit.

Un jour s'écoule, et encore un, et encore un, mais je ne vais pas plus loin parce que vous aussi, vous avez l'expérience du temps qui passe.

Question : Comment faites-vous pour rester optimiste ?

Réponse : Si vous êtes en déficit de fer, mettez quelques clous dans un bol avec du jus de citron et laissez-les tremper une nuit. Le lendemain matin, préparez une limonade.

Maman ? Maman ? Maman ?

• • •

J'ai parfois de petites rechutes, des choses que j'aimerais lui dire. À l'épicerie, j'achète un concombre à Mohan.

On peut produire des légumes bien plus facilement et plus tranquillement que de la viande. Lorsque l'ennemi est proche, c'est extrêmement important.

Un jour, je dois courir pour attraper le bus. Je suis tellement essoufflée quand je monte, je comprends que tous mes préparatifs pour l'apocalypse sont vains. Je mourrai dans les premiers, et de façon atroce.

• • •

« Il y a des manières anciennes d'être survivaliste », dit Ben. Les membres du culte du mystère croyaient que la première chose qu'une âme récemment décédée découvrait dans le monde sous terre, c'était la source de Léthé. Qui s'écoulait sous un cyprès blanc. L'âme assoiffée devait résister à la tentation de boire car les eaux de cette source étaient celles de l'oubli. Parmi d'autres choses, les membres du culte du mystère apprenaient à endurer une soif extrême.

Considérons que l'éclat de la terre faiblit…

Je me souviens que lors de notre premier rendez-vous, je m'attendais à ce que Ben me raconte son enfance terrible ou sa nouvelle dépendance à la drogue, etc. Au lieu de ça, il m'avait parlé du jardin communautaire dont il était membre. Il avait des problèmes avec les aubergines, avait-il dit. Mais il gardait espoir. Peut-être que s'il y avait un peu plus de pluie ou de soleil, je ne me souviens plus de ce qu'il lui fallait.

• • •

Un jour, un Père du désert parvient à chasser les démons. Ensuite, il leur demande :
Qu'est-ce qui vous a poussé à partir ? Est-ce le jeûne ?
Nous ne buvons ni ne mangeons, ont-ils répondu.
Est-ce les veillées ?
Nous ne dormons pas, ont-ils répondu.
Est-ce d'être isolés du monde ?
Nous vivons dans le désert.
Dans ce cas, quel pouvoir vous a fait fuir ?
Rien ne peut venir à bout de nous, sauf l'humilité, lui ont-ils répondu.

• • •

Quand j'arrive à la maison, ils jouent à un jeu de société. « Je te donne du blé et une brique en échange de bois », dit Eli à Ben.

Un jour, je lui ai demandé ce que je pouvais faire pour préparer Eli. Ça serait bien qu'il sache un peu se débrouiller, elle avait dit. Et bien sûr, qu'il n'ait pas d'enfants.

SIX

Je me fais poser une couronne. J'ai longtemps repoussé ma visite chez le dentiste, mais là, c'est décidé. L'hygiéniste dentaire parle de la météo. Le dentiste entre muni de gants et d'un masque. Il me dit que j'ai une bouche étrangement petite. Je l'ouvre plus grand pour lui.

• • •

Il y avait autrefois un peuple mythique de l'Arctique, les Hyperboréens. Ils vivaient sur des territoires tempérés, leurs arbres donnaient des fruits toute l'année, personne n'était jamais malade. Mais au bout de mille ans, ils s'étaient lassés de cette vie. Ils s'étaient enchaînés les uns aux autres et ils avaient sauté dans la mer depuis la falaise.

Quel est le cœur de l'illusion ? demande Margot. Personne n'a la bonne réponse, et elle ne prend pas la peine de nous la fournir.

• • •

À son retour, Ben m'oblige à prendre rendez-vous pour faire contrôler le grain de beauté sur mon bras. Je suis debout dans mes sous-vêtements de supermarché minables face au médecin qui m'examine. Il est soigné, il a un panache de cheveux argentés et un accent européen impossible à situer. Il tient une loupe tout près de ma peau. Il dit au sujet de chaque trace sur mon corps : « Extrêmement peu de risques de cancer ! Extrêmement peu de risques de cancer ! »

Il avait une voix mélodieuse. J'avais envie que chaque jour soit comme ça, qu'il commence dans la peur et la honte et se termine avec une assurance glorieuse.

• • •

Ne crois pas que parce que tu es révolutionnaire, tu doives éprouver de la tristesse.

• • •

Ben et moi avons établi une liste de prérequis pour notre refuge : une terre cultivable, une source, l'accès à une voie de chemin de fer, le sommet d'une colline. Voulons-nous habiter sur une colline par crainte des inondations ou pour nous défendre ? Les deux. Je construirai des douves, il a dit, puis il est allé sur Internet pour voir comment s'y prendre.

Il faut choisir des objets petits et discrets. Par exemple, un générateur, c'est bien, mais mille briquets Bic, c'est mieux. Un générateur attirera l'attention en cas de problème, alors que mille briquets Bic, c'est compact, pas cher, et ça peut toujours servir de monnaie d'échange.

« Attends, quand est-ce que tu as recommencé à fumer ? » demande Ben quand il les trouve dans un tiroir.

Il s'est passé quelque chose en son absence. Il a fait le calcul, tous les calculs, et il y a maintenant une citation d'Épictète accrochée au-dessus de son bureau.

Tu n'es pas un spectateur indifférent. Fais des efforts.

• • •

Dans les films catastrophe, le héros dit toujours : « Fais-moi confiance », et celui qui est sur le point de mourir dit : « Ai-je le choix ? »

« Non. »

C'est toujours la réponse du héros.

• • •

Je conduis Eli à l'aire de jeu. Quelqu'un marche tête basse en titubant de droite à gauche. Les immeubles sont blanchis par le soleil. L'air est doux. L'éclat a faibli, mais selon moi, il en reste.

J'ai changé d'avis. Tu as le droit d'avoir un enfant. Il sera petit et il aura des yeux de chat. Il ne connaîtra jamais le goût de la viande.

Question : Quelle est la différence entre une catastrophe et une urgence ?

Réponse : Une catastrophe est un événement brutal qui entraîne de gros dégâts et des pertes importantes. Une urgence est une situation où les actions normales ne peuvent se poursuivre et où il faut réagir de façon immédiate pour éviter une catastrophe.

Et si on allait se promener, et si on allait faire un tour dans les rues ?

C'est impossible.
C'est à peine possible.

• • •

Sri Ramakrishna disait : *Ne recherchez pas l'illumination, sauf à chercher comme un homme à la chevelure en feu cherche un étang.*

• • •

Parfois, ça me revient, la façon dont la lumière filtrait à travers les fenêtres. La poussière a une présence. En tout cas, à condition de la regarder assez longtemps.

Les unitariens ne s'agenouillent pas. Moi, j'ai envie de m'agenouiller. Ensuite, je le fais à la maison au pied de mon lit. La plus ancienne et la meilleure des prières : *Aie pitié.*

• • •

Je me rends à l'église avec ma mère, je prie maladroitement qu'on m'accorde la force et la grâce. La lumière du soleil se déverse par les vitres. C'est cette poussière dont je me souviens. Il faudra bientôt serrer la main de ceux qui m'entourent et leur parler. J'ignore ce qu'ils ont dans le cœur. L'un de vous va me trahir, je me dis. Mais ma mère est si heureuse que je sois là. Elle est assise le plus près possible de moi. Le prêtre évoque le monde visible et invisible, mais il n'explique pas comment les différencier. Un vieil homme sur le banc voisin se tourne en premier pour me tendre la main.

Que la paix soit avec vous
et avec vous aussi.

• • •

Sylvia m'appelle. Le ciel lui donne de la patience quand je lui parle des mystiques.

Cette idée revient dans différentes traditions. Celle du voile. Et si nous devions le déchirer pour passer au travers? (Bienvenue, disent les fougères. Nous t'attendions.)

«Bien sûr, le monde continue de courir à sa perte», dit Sylvia, puis elle raccroche pour aller arroser son jardin.

• • •

Si vous vous croyez perdu : ne cherchez pas à faire dire à la carte ce qu'elle ne dit pas. Ne pensez pas, c'était peut-être un étang, pas un lac ; peut-être que le cours d'eau va vers l'est, et pas vers l'ouest. Laissez des traces de votre passage. Essayez de marquer les arbres.

Bulletins de vote papier, bulletins de vote papier, réclamait tout le monde, mais pour finir, je glisse une carte dans la machine. Nous sommes un certain nombre à mouliner devant le bâtiment. Hérissez votre poil, je me dis.

Allô ? Allô ?
Qu'est-ce…
Quelle est votre urgence ?

On raconte que les gens perdus passent en transe devant ceux qui les cherchent. Peut-être que je t'ai vu. Peut-être que je suis passée près de toi dans ma rue. Comment je te reconnaîtrai ? Fais-moi confiance, me diras-tu.

• • •

Quand je rentre, le vent fait voler des journaux dans la rue. Un homme dort dans une embrasure et l'un d'eux vient lui envelopper les pieds.

Un visiteur qui avait demandé aux vieux moines du mont Athos ce qu'ils faisaient de leurs journées s'était entendu répondre : *Nous sommes morts et nous aimons tout.*

• • •

On ne sait pas si c'est une nouvelle ou une ancienne souris. C'est le défaut du piège sous forme de cage, dit la sœur de Ben. Certains les marquent à la peinture. Toi, je t'ai déjà eue, etc. Mais pas eux. On garde leur maison, alors c'est à Ben qu'incombe cette tâche. D'abord risquer de se briser le cou puis sortir la relâcher. Trois nuits de rang. On entend la souris remuer dans la cage. Ben sort du lit, attrape ses chaussures, s'autorise un soupir. Je remonte les couvertures tandis qu'il met la cage sur le siège du passager et descend le chemin de terre sur plus d'un kilomètre jusqu'au champ. Le trajet est étrange. Entre captif et ravisseur. La lune éclaire par le pare-brise. Personne ne parle, il dit.

Le soir, le plancher craque. Henry monte et descend l'escalier. Il essaie de se fatiguer, ou alors il essaie de fatiguer Iris. L'un ou l'autre, en tout cas personne ne pleure. Il a acquis son jeton de six mois d'abstinence. Ce n'est pas la première fois, mais celui-ci, il le range dans son portefeuille. Les précédents, il les donnait à Eli pour qu'il joue à l'épicier avec.

Le dentiste m'a donné un objet pour que je ne grince pas des dents la nuit. Je songe à le mettre, puis je me ravise. Mon mari est sous les couvertures, il lit un gros livre sur une guerre ancienne. Il éteint la lumière et il arrange les couvertures pour qu'on soit bien au chaud. La chienne agite doucement les pattes contre le lit. Elle rêve de courses-poursuites, d'autres animaux. Je suis réveillée par un bruit de fusillade. Des noix sur le toit, dit Ben. Le cœur de l'illusion, c'est que je suis ici et que vous êtes là.

www.obligatorynoteofhope.com

Remerciements

Je tiens à remercier la John Simon Memorial Foundation pour son généreux soutien à mon travail.

Je n'aurais jamais pu achever ce livre si la Macdowell Colony et l'Art Omi ne m'avaient pas offert du temps et de l'espace.

Merci à l'Abramovich Foundation, à la Beckman House, à la Blaine Colony, à la Kearney Farm et au Koehlert Cottage de m'avoir proposé des résidences improvisées au moment où j'en avais le plus besoin.

Merci à mes parents, David and Jane Offill, pour leur soutien moral et logistique quand j'avais ce regard fou de terreur à l'idée de ne pas finir à temps.

Merci à mon éditeur, Jordan Pavlin, et à mon agente, Sally Wofford-Girand, qui m'ont tout du long prodigué à la fois des conseils intelligents et des encouragements patients.

Merci à Laura Barber et à la formidable équipe de Granta pour leur aide.

Merci à Tasha Blaine et Joshua Beckman pour avoir su me guider dans les premières versions.

Merci Alex Abramovich, Dawn Breeze, Taylor Curtin, Jonathan Dee, Eugenia Dubini, Lamorna Elmer, Rachel Fershleiser, Rebecca Godfrey, Hallie Goodman, Jackie Goss, Maggie Goudsmit, Gioia Guerzoni, Irene Haslund, J. Haynes, Amy Hufnagel, Samantha Hunt, Brennan Kearney, Fred Leebron, Ben Lerner, Kyo Maclear, Rita Madrigal, Lydia Millet, Emily Reardon, Elissa Schappell, Rob Spillman, Dana Spiota, Kieran Suckling, Nicholas Thomson, Eirik Solheim et Jennifer Wai-lam Strodl.

Et par-dessus tout, merci à Dave, Theodora et la chienne Jetta.

Notes

1. Virginia Woolf, *Journal intégral 1915-1941*, La Cosmopolite, Stock, 2008, traduit de l'anglais par Colette-Marie Huet et Marie-Ange Dutartre.

2. «Inspire, je sais que par nature» est issu d'un chant traditionnel bouddhiste intitulé «Les cinq souvenirs». La professeure de méditation l'a adapté très librement, et elle n'en utilise que quatre sur cinq. La version originale figure dans *Plum Village Chanting and Recitation Book*, compilés par Thich Nhat Hanh avec les moines et nonnes de Plum Village.

3. «Une nuit une maison» est un poème en prose de Inugpasugjuk. Il est extrait de *Technicians of the Sacred*, Éditions Jerome Rothernburg. Garden City, NY, Anchor Books, 1969.

4. «Des gens familiers des sciences»: je suis pour ceci redevable à Clive Hamilton, qui relate l'anecdote dans *Why We Resist the Truth About Climate Change*, ayant d'abord fait l'objet d'une lecture à la Conférence sciences et politique donnée à L'Institut royal des Sciences naturelles de Belgique à Bruxelles le 28 octobre 2010. Le discours originel figure dans *Arms and the Covenant: Speeches by the Right Hon. Winston Churchill*, George C. Harrap & Ltd, 1938. Il a été prononcé à la Chambre des communes le 30 juillet 1934.

5. « La question critique de notre génération » : cette citation est extraite de *God Is the Gospel: Meditations on God's Love as the Gift of Himself* par John Piper.

6. « Retracez le chemin de l'eau de la pluie au robinet » est une adaptation de « Où êtes-vous ? », questionnaire bio-régional imaginé par Leonard Charles, Jim Dodge, Lynn Milliman et Victoria Stockley, publié dans *Coevolution Quarterly* 32 (Hiver 1981).

7. « Hunt et al. (1992) ont montré qu'une femme » est extrait de l'article « De l'importance des animaux de compagnie pour la santé des humains », *The Psychologist*, mars 2011.

8. « Je trouve difficile de me décider quant à une région » : propos de Katrin Meissner, professeure et directrice du Climate Change Research Center de l'Université de Nouvelle-Galles du Sud, Sydney, Australie. Elle est citée dans l'émission ABC Lateline présentée par Kerry Brewster intitulée « Les scientifiques du climat révèlent leurs craintes quant à l'avenir ». La transcription date du 27 juin 2017.

Cet ouvrage a été imprimé sur du papier
dont les fibres de bois proviennent
de forêts durablement gérées

CET OUVRAGE A ÉTÉ COMPOSÉ PAR
PCA À REZÉ (LOIRE-ATLANTIQUE)
ET ACHEVÉ D'IMPRIMER
SUR ROTO-PAGE
PAR L'IMPRIMERIE FLOCH À MAYENNE
EN MAI 2021
POUR LE COMPTE DES ÉDITIONS DALVA
116, RUE DU BAC
75007 PARIS

DÉPÔT LÉGAL : AOÛT 2021
N° D'ÉDITION : 01 – N° D'IMPRESSION : 98380
IMPRIMÉ EN FRANCE